诗想者

H i P o e m

诗想者·读经典

Ceng Yu Xiansheng Xiangyu

曾与先生相遇

远 人 著

GUANGXI NORMAL UNIVERSITY PRESS
广西师范大学出版社
·桂林·

策 划 人/ 刘 春
责任编辑/ 余慧敏
助理编辑/ 郭 静
责任技编/ 李春林
装帧设计/ 扬子鳄书坊·唐秋萍

图书在版编目（CIP）数据

曾与先生相遇 / 远人著. —桂林：广西师范大学出版社，2018.10
（诗想者·读经典）
ISBN 978-7-5495-9505-1

Ⅰ. ①曾… Ⅱ. ①远… Ⅲ. ①随笔—作品集—中国—当代 Ⅳ. ①I267.1

中国版本图书馆 CIP 数据核字（2018）第 210569 号

广西师范大学出版社出版发行
（广西桂林市五里店路 9 号 邮政编码：541004
网址：http://www.bbtpress.com）
出版人：张艺兵
全国新华书店经销
广西民族印刷包装集团有限公司印刷
（南宁市高新区高新三路 1 号 邮政编码：530007）
开本：889 mm × 1 194 mm 1/32
印张：7.5 字数：170 千字
2018 年 10 月第 1 版 2018 年 10 月第 1 次印刷
定价：49.00 元

缘　起

经典作品总是常读常新，其魅力不会因为时间的流逝而削弱。阅读经典，不仅能扩充我们的知识面、开阔视野、增强思想的深度，更重要的是，经典作品能够延展我们生命的维度和情感的纵深，让我们度过一个更有意义的人生。因此，任何一种经典，都值得我们穷尽一生去阅读，去领会，去思索。

作为“诗想者”品牌重要组成部分的“读经典”书系，以对文学艺术领域的经典作品、代表性人物的感受和介绍为主。所选作者，多为具有突出的创作成就的作家，他们对经典作品的感悟、解读、生发、指谬，对人物的颂扬与批评，对“伪经典”的批判，均秉承“绘天才精神肖像，传大师旷世之音”的宗旨。在行文造句中，力求简洁、随和、朴实，不佶屈聱牙、凌空蹈虚。

做书不易，“诗想者”坚持只出版具有独特性与高品质的文学图书，更是充满孤独与艰辛，但对文学的这一份热爱，值得我们不断努力。“读经典”书系既是对古今中外杰出作家与作品的致敬，也是对真诚而亲切的读者的回报，同时，我们也期望通过这一系列图书，为建设书香社会尽绵薄之力。

广西师范大学出版社

2018 年 9 月

目录

辑 一

辑　二

辑　一

——《隆弗洛尔雪天的马车》，克劳德·莫奈绘

《克鲁采奏鸣曲》和托尔斯泰夫人

一

有时候我总觉得，列夫·托尔斯泰（Leo Tolstoy，1828—1910）的《克鲁采奏鸣曲》是《安娜·卡列尼娜》的另一种写法。

两部小说相似之处不少，都是关注家庭，都是刻画上流社会人物，都是偷情酿造出惨剧——两部小说的女主人公都死于非命。和之前的长篇小说相比，《克鲁采奏鸣曲》的主题更为集中、篇幅更为紧凑、冲突更为激烈，在大刀阔斧的叙述中更能吸引读者眼球。

创作该小说的动机，托尔斯泰已借主人公波兹德内歇夫之口告诉我们，是为了“揭发我们畜生般的生活”，理由是“我们在道德上太堕落了”。晚年托尔斯泰对自己的生活阶层得出如此看法，我倒不以为真就是他“世界观激变”的结果。以托尔斯泰非凡的艺术之眼，不可能不在漫长的一生中，洞悉自己身处阶层的全部隐秘。任何一个小说家都会写自己熟悉的生活领域，托尔斯泰也没能例外。

波兹德内歇夫谈论的自己及其阶层，与托尔斯泰紧接着创作的《复活》如出一辙。似乎在聂赫留朵夫出场之前，托尔斯泰想先看看《复活》主人公的轮廓，因为聂赫留朵夫也是从“畜生般的生活”中走到我们面前的。在《安娜·卡列尼娜》中得到过立体塑造的沃伦斯基也在小说中化身为特鲁哈切夫斯基再次登场。作为《安娜·卡列尼娜》和《复活》的中间过渡，《克鲁采奏鸣曲》有理由成为托尔斯泰中后期小说创作的重要环节。托尔斯泰也必然为之投入了自己的精力和才华。

二

小说故事简单，波兹德内歇夫婚后不久，和妻子从短暂的甜蜜走向貌合神离的彼此憎恨。当半吊子音乐家特鲁哈切夫斯基走进波兹德内歇夫家庭之后，和女主人关系日趋暧昧。波兹德内歇夫在强烈的怒火和嫉妒下杀死了妻子。在叙述杀妻故事之前，他对自己生活的上流阶层进行了一览无余的描述。他得出结论，整个上流社会无处不道德堕落、无处不男盗女娼。波兹德内歇夫从自我出发，详细讲述自己走向堕落的全部过程。这一过程不只属于他个人，还属于整个上流社会。他如此，整个社会也如此，没有人能幸免。波兹德内歇夫的堕落是从沉迷妓院开始，最初的慌乱和害怕使他不断祷告上帝。令他意外的是，所有他尊敬的长辈得知后不仅不谴责，还认为是顺理成章的好事。这些不断修改出的文字也移植到后来的《复活》之中。波兹德内歇夫从纯洁的少年到堕落的青年生活不就是聂赫留朵夫的生活？这也是托尔斯泰在《忏悔录》中描述过的个人生活。而且，波兹德内歇夫的生活和托尔斯泰本人经历更相似，特别是波兹德内歇夫的嫉妒，能完整叠合托尔斯泰本人的心理。甚至，小说描写的婚姻冲突也是托尔斯泰和妻子的冲突。

小说中的波兹德内歇夫中年结婚，这点和托尔斯泰一模一样。托尔斯泰三十四岁结婚，成为他妻子的索菲娅·安德烈耶夫娜刚刚十七岁。托尔斯泰的结婚理由也和波兹德内歇夫一样，是“妄图建立一个最高尚最纯洁的家庭”。波兹德内歇夫妻子爱好音乐，善于弹钢琴，托尔斯泰妻子同样热爱音乐，一直到花甲之年还几乎每天弹琴自娱；波兹德内歇夫妻子引人注目，托尔斯泰妻子同样赢得前往他们家庭的所有来客如屠格涅夫、费特、斯特拉霍夫、高尔基等人的友情和尊敬。

刚刚嫁给托尔斯泰，这位全俄罗斯最伟大的天才就对她说“你是我的助手”。索菲娅能够胜任，在于她天资卓越，多才多艺，同时酷爱文学。结婚之前，索菲娅创作的中篇小说《娜塔莎》引起托尔斯泰的极大兴趣。可惜的是，索菲娅知道自己的才华和思想深度远远不如丈夫，在结婚前将小说付之一炬。她婚后自认最幸福的事就是为丈夫抄写手稿，长达百万字的《战争与和平》被她抄写了七遍之多，而且，夫妻间的默契竟达到托尔斯泰只写下一个字母，索菲娅就知道完整的单词是什么的程度。为托尔斯泰《复活》绘制插图的画家列·奥·帕斯捷尔纳克曾说索菲娅“在许多方面是个卓越的大人物，堪与列夫·尼古拉耶维奇匹配”，谢尔盖延科也说“列夫·尼古拉耶维奇再也找不到比他的妻子更铁面无私的批评家了”。从结婚开始，索菲娅就决定将自己的一生奉献给丈夫，抄写丈夫手稿是她“非常心爱和非常需要的工作”，只要丈夫对她“讲他的创作构思和计划”，索菲娅就“总是高兴得要命。我也一直能理解他”。

在近半个世纪的共同生活中，索菲娅履行了自己最初的誓言，哪怕她婚后不久就觉得那“不是自己想要的生活”。索菲娅来自宫廷，嫁给托尔斯泰后住进庄园，仅管理七百多公顷的土地就“难以胜任”。她更知道，嫁给托尔斯泰，就意味自己“瘦弱的肩上承担了一项崇高的使命”。索菲娅担起了这一使命，直到托尔斯泰去世，也没改变过自己的想法和做法。除了抄写手稿，索菲娅还得照顾先后出生的十三个孩子的生活、管理庄园、接待络绎不绝的访客。托尔斯泰对家庭事务不予理睬，索菲娅事无巨细，都得亲自处理。从少女时代到晚年，索菲娅的生活从未变过，精力也似乎从未减弱过。

三

婚姻总是这样，到了一定程度就出现摩擦。《克鲁采奏鸣曲》中的波兹德内歇夫描述自己的婚姻时说：“我满以为我们吵过嘴，言归于好，不会再发生冲突。但就在这个蜜月里，很快又进入腻味阶段，我们相互又不需要了。于是又发生口角。”托尔斯泰这部小说写于晚年，那时托尔斯泰和索菲娅发生“口角”已司空见惯。对索菲娅来说，丈夫教会了她习惯一种生活，到晚年又要她过另外一种生活，这不仅无法理解，也让她心生抵触，尤其托尔斯泰晚年禁止索菲娅抄写和发表他的作品——在他眼里，他的作品是所有人的共同财产，稿费只能“去搞公共福利事业”。索菲娅身为庞大家庭的管理者，没有托尔斯泰的稿费很难维持。令她不解的是，托尔斯泰宁愿将作品发表在其他报刊，让他人获取发表自己作品带来的利益，也不肯让妻子和家庭获取作品带来的收益。哪怕她只想抄写一份手稿，托尔斯泰的“那副凶相”就使她“不知所措”。争吵总使索菲娅被“气哭”，难以理解“为什么他偏偏对我这么无情”？托尔斯泰对妻子像是毫无怜悯，晚上临睡时要她热牛奶，索菲娅因照顾孩子没有立刻端来，引发的结果是托尔斯泰“满脸怒气”。索菲娅终于意识到的一点是“他从来没有给我办过任何事情”。她的绝望只能在日记中倾诉，“我表面上看来很幸福，可我却想离开人世”，原因是“我的一生全都押在一个赌注上，押在我对丈夫的爱情上，现在这个赌注输定了，活着再也没有什么意思了”。这是索菲娅 1895 年 2 月 21 日写下的文字，也就在这一天，索菲娅采取了离家出走的绝望举动，“但是谢廖沙跟玛莎又撵上我，把我拉回家”。世人都关注托尔斯泰的离家出走，极少人关注索菲娅同样出走过。

我有时无法理解托尔斯泰对索菲娅的态度。她将一生奉献给了丈夫，为什么连最基本的理解也得不到？索菲娅“偷看”托尔斯泰的日记是夫妻爆发冲突的最外在缘由，拨开外在，也源于托尔斯泰的思想变化。他痛恨上流社会的虚伪，希望自己像农民一样犁田种地、自食其力。索菲娅算过账，托尔斯泰的行为只会增加家庭开支。托尔斯泰关注个人思想没错，对妻子却忽略到令人惊心的程度。他可以为一个农民的贫穷伤心，但面对妻子的痛苦与眼泪他无动于衷。

读《克鲁采奏鸣曲》时，我忽然觉得小说也许隐藏了某些答案。

四

波兹德内歇夫是托尔斯泰笔下最具嫉妒感的人，哪怕他已经不爱妻子，仍然嫉妒和妻子走得很近的特鲁哈切夫斯基。说托尔斯泰拥有妻子全部的爱情，只怕也是外人和我们今天的看法。对当时的托尔斯泰而言，未必觉得自己拥有妻子的全部爱情。从他们的生活来看，来雅斯纳雅·波良纳做客的无不是当时俄国既赫赫有名又才华横溢的名流才俊。尤其费特·阿法纳西·阿法纳西耶维奇，对索菲娅充满柔情，将她写入好几首诗中。事情引起托尔斯泰的强烈嫉妒。现实中的嫉妒结果当然不是像小说中那样杀死妻子，费特与索菲娅的接近确实有和托尔斯泰的小说情节相似之处，后来索菲娅校对《克鲁采奏鸣曲》清样时，不禁“又有那种沉重的感觉”。她在日记中否定了托尔斯泰对小说中妻子的看法，认为“女人具有完全另外一种气质，不能把感情仅仅归结为性爱；男人和纯洁的女人对待性爱的态度有霄壤之别”。

不仅费特，托尔斯泰对接近妻子的男人大都有所嫉妒。仅仅出于这点，托尔斯泰要求妻子“中断跟谢尔盖·伊万诺维奇的一切关系”。理由只有一个，不中断，自己就会痛苦；他没有考虑，若是中断，妻子是不是会痛苦。索菲娅就她和谢尔盖·伊万诺维奇的关系说道："我和这个人的关系纯洁无瑕，问心无愧，我并未觉得有什么罪孽，只感到坦然、最宁静的快乐，因此我不能断绝这种关系，犹如我不能不看，不能不呼吸，不能不思考一样。"在托尔斯泰的要求下，索菲娅还是选择了中断。这些夫妻间发生的微妙波动同样被托尔斯泰写进了《克鲁采奏鸣曲》当中。

我们能发现的是，波兹德内歇夫最后在嫉妒中杀死妻子，又没有任何证据能证明妻子真的成为特鲁哈切夫斯基的情人。波兹德内歇夫的疯狂嫉妒和托尔斯泰的嫉妒没什么两样。为了给丈夫答复，索菲娅借用赫尔岑的小说名写了部《谁之罪》的中篇故事，从妻子角度叙述了她和费特的友谊。这篇小说不仅没得到丈夫理解，反而让托尔斯泰更为恼火。压抑不住的狂怒使他对妻子的态度更为冷酷，索菲娅伤心地描述丈夫"对着我大吵大嚷，我又无法慰藉地哭了"。我们难以想象，当索菲娅读到丈夫小说中出现的"百分之九十九的夫妇都过着这种地狱般的生活"和"我们之间存在着刻骨仇恨"以及"在我们的社会里，多数通奸案就是从这种艺术活动，特别是从音乐演奏引起的"等句子时，内心会怎样痛苦。她在 1910 年再次校对这篇小说时，仍然感到"作品的内容极可怕"。后来抄写《复活》，索菲娅因为"书中对东正教祈祷所进行的那种有意的无耻描写"而感到"无比厌恶"。当她再抄写托尔斯泰关于上帝的一段话时，终于忍不住自问："他写得漂亮，可做得如何？"

五

托尔斯泰的最后做法是终于离家出走。一百多年来也无人提供他为什么出走的最终答案。他和妻子发生冲突是原因之一。冲突核心又真的是托尔斯泰要献出全部著作版权不拿稿费吗？读过《克鲁采奏鸣曲》后，我有点疑心，其中是不是还埋藏着托尔斯泰因嫉妒而导致对索菲娅的不信任因素？索菲娅酷爱音乐，和她联手弹琴的人不少。通过小说，托尔斯泰让人难以置信地认为音乐“既不能使心灵高尚，也不能使心灵堕落，它只能使心灵冲动”。波兹德内歇夫不就以为妻子和特鲁哈切夫斯基是在音乐联奏下产生了“冲动”？托尔斯泰用贝多芬的钢琴曲做这部残酷的小说名字，似乎是想借此讥讽索菲娅喜爱的贝多芬的音乐。

托尔斯泰似乎从未原谅妻子的“过错”，他临终前，竟然不允许五昼夜没吃东西、冒着风雪赶到火车站的索菲娅进屋探望。有幅很著名的照片就是索菲娅在丈夫将要死去的小屋外踮脚看向窗内。那一刻，索菲娅的心碎只怕无人能够描述。托尔斯泰永远不会知道，他的出走使索菲娅当天就“绝望地跳进池塘”想要自杀。丈夫不需要她了，她终于发现“我也应该去创造自己的个人生活，或是自己的个人之死”。在屋外待了六天，到托尔斯泰弥留之际，索菲娅才终于被允许走到丈夫身边。她一边跟丈夫告别，一边请求他原谅自己的一切过错，回答她的只有几声叹息，然后索菲娅再也看不到丈夫睁开眼睛了。

托尔斯泰死后，索菲娅时时去丈夫的坟头献花和哭泣，她继续撰写的日记恐怕是世界上最令人心痛的日记了，每篇每页都布满泪水和伤心。我特别注意到她 1911 年 5 月 17 日写下的寥寥数语："看所有有关廖瓦奇卡的东西，如布尔加科夫、拉祖尔斯基、罗曼·罗兰和莫德等人的著述。不是那回事！不是那回事！"这一近乎呐喊的声音令我感到震惊，我们对托尔斯泰的认识，除了他的作品，不就是这些世界名人为他撰写的传记吗？托尔斯泰夫人对任何一部传记都不认可。也许，除了和托尔斯泰生活一辈子的索菲娅外，没有任何人更了解托尔斯泰。真正的托尔斯泰究竟是什么样子？无数读者和研究者宁愿相信传记也不愿面对索菲娅的日记记载。没有人会否认托尔斯泰是 19 世纪最伟大的作家之一，作为丈夫，他又必然是最平凡的普通男人。托尔斯泰的复杂，也就在伟大与平凡间枝蔓丛生。不难体会，无论在读者眼里还是在那些传记作家眼里，都自觉不自觉地会将眼光集中在托尔斯泰的伟大一面，他们更多的是从托尔斯泰的文字中进入他的思想。索菲娅不然，她日复一日地和丈夫共同生活，当然更能看清丈夫的全部。这个全部中的大部分不可能被读者和传记作家们深刻体会和了解。也许，那个嫉妒得杀死妻子的波兹德内歇夫才是最真实的托尔斯泰？索菲娅不恰恰在日记中写过，"他已经把我身上的我杀死，我现在已经死了，而不是活着"。这是索菲娅对丈夫托尔斯泰的控诉吗？我最无法忘记的，还是索菲娅临终前对儿女们所说的那句，"我爱了他一辈子"……

《悲惨世界》的开场疑点

一

在世界小说史上，《悲惨世界》名气太大，即使一个不关心文学的人也知道这部小说的名字。奇怪的是，这部耗费维克多·雨果（Victor Hugo，1802—1885）数十年心血的作品却有几个我至今找不到答案的疑点。

就人物而言，《悲惨世界》着力刻画了冉阿让、芳汀、珂赛特、沙威、马吕斯等人物。作为刑满释放的苦役犯，冉阿让接受芳汀的临终委托，找到其女珂赛特并抚养她长大。沙威作为法律的代表，穷其一生都在追捕冉阿让。法国19世纪的历史过程和社会生活画面在跌宕起伏的情节中展现出来。作为浪漫主义的代表作家，雨果对如何调动读者的紧张心理早已驾轻就熟，长逾百万字的小说始终能吸引住读者的注意力，并让读者跟着冉阿让如何遇险又如何脱险的经历一同紧张一同庆幸，难以掩卷，非一口气读完不可。

不论情节如何生动，我始终不解的是，沙威为什么要追捕冉阿让？

诚然，小说的创作目的清晰。雨果希望揭露使人走上犯罪道路的社会现实，并严厉谴责司法制度的不公。有了这一构思，冉阿让和沙威就必然处于对立的状态。问题是，任何一部小说的情节设置都需要有令人信服的因果关系。雨果提供了两人对立的身份，却没有提供他们走上对立的原始起因。

二

就小说故事性而言，《悲惨世界》是从第二卷“沉沦”开始的。第一卷全部是对米里哀主教的精神刻画，他的精神影响了第二卷出场的主人公冉阿让。但冉阿让出场后的疑问那么明显，雨果运笔上的做作痕迹甚至掩盖不了。

为了让冉阿让走到米里哀主教的门前，雨果安排了冉阿让受到种种冷遇。这增加了情节的曲折，显示了作者的构思能力，只是造成这些冷遇的说服力却相当不够。

雨果写得很清楚，冉阿让出场时，是一个刚刚从监狱释放的苦役犯人。他走了整整一天才走到米里哀主教所在的狄涅小城。书中明确交代，从监狱所在的格拉斯到狄涅的距离为十二法里，即四十八公里。冉阿让走得筋疲力尽，于是他去投宿，结果被拒绝了。

冉阿让为什么会被拒绝？

没错，冉阿让是一个曾被法律判为罪犯的人，但他出场时已是被释放的自由人了。他的证件是黄护照，说明他只能待在社会最底层，他还是可以“加入工作”，尽管难免遭到克扣工资的待遇。作为一个自由人，他能够自食其力地活下去。

一个刑满释放的自由人就没有投宿的权利吗？我没研究过19世纪的法国法律，似乎不太可能。就算姑且有这么一条，我遇到的真正疑问是，那个店老板又怎么知道进来的是一个刚被释放的苦役犯？

冉阿让已经被释放，不可能遭到通缉，也不可能有他的画像到处张贴，他现在所到的地方和他原来的监狱所在地有数十公里之遥。出狱的犯人每天都有，那个店主从未见过冉阿让，他凭什么一看见冉阿让进来，“心里就有些疑惑”？他的疑惑是从什么地方来的？更离奇的是，他怎么知道“您叫冉阿让”呢？要知道，冉阿让在坐牢之前，也只是一个普通穷人，没干过惊天动地的大事，没做过煊赫一时的高官。当他被关进监狱，也不过是成千上万的犯人中的一个，怎么连一个小小的旅舍老板也知道他的名字？

雨果将事情过程写得十分详细。冉阿让一进门，旅舍老板就“从衣袋里抽出一支铅笔，又从丢在窗台旁边小桌子上的那张旧报纸上扯下一只角……写了一两行字……交给一个跑腿的小厮……小伙计便朝着市政厅的方向跑去了”。事后来看，店老板无非是要确认投宿的人是不是冉阿让，但他凭什么认为进来的人就是他怀疑的人——他若不怀疑就不会做这件事了。进来的冉阿让不是犯人，没有囚服，也不是光头，那个老板做出的事和他拒绝冉阿让吃饭、投宿，都没办法找到理由。他不可能知道对方是一个刑满释放的人，市政厅给他的答复难道是要他拒绝一个自由人吃饭和住宿吗？而且，市政厅凭什么确定投宿的就是“冉阿让”呢？难道冉阿让刑满释放了还会被整天跟踪？这些答复雨果没写，他也不可能写。如果那个答复是指令旅舍老板将冉阿让赶出去的话，那么在当时的法国，每一个出狱的犯人都只剩下饿死这一条路了，即使他们出狱时都带着在监狱干活时挣到的钱。

作为一部世界名著，在主人公的登场阶段就出现这样令人不解之处，我不知道这个错误究竟是怎么来的。有误笔的名著不是一部两部，《悲惨世界》出现的这个疑问实在没办法从任何地方找到答案，作为整体构思的重要一环，也难说是雨果的误笔。我没见过哪个评论家对此提出疑问，是他们视而不见，还是他们不认为这是个疑问？

三

紧接着，冉阿让和沙威的对立再次令人诧异。冉阿让化名马德兰成为蒙特勒市的市长之后，沙威始终怀疑市长就是冉阿让。他甚至直截了当地告诉市长，他要追捕冉阿让的原因是后者出狱后犯了抢劫罪，一是偷窃了狄涅小城米里哀主教家里的银烛台，二是抢劫了小瑞尔威价值四十个苏的银币。这就是沙威要抓捕冉阿让的最初动因。

但这是不可能的事！

且不说狄涅小城与沙威所在的蒙特勒市相距千里，几件微不足道的事情难以在信息闭塞的时代得以传播，我们只需要看到雨果写下的事实——冉阿让偷了主教的银烛台之后很快被警察抓获，当他们再次到主教家里后，主教立刻在警察面前为冉阿让进行开脱，声称银烛台是自己送给冉阿让的。狄涅小城的警察当即释放了冉阿让。如果狄涅小城的警察为此做有笔录的话，那么沙威一定知道冉阿让没有抢劫米里哀主教，而是主教赠送给冉阿让银烛台。即便狄涅小城的警察没做笔录，沙威得到的讯息又怎么可能是冉阿让抢劫了银烛台而不是主教赠送了银烛台？至于小瑞尔威，冉阿让的确无意“抢劫”了，雨果同样说得清楚，当时冉阿让和小瑞尔威是在“一处绝对没有人的地方”，没有证人，更没有证据，小瑞尔威根本不认识冉阿让。沙威又哪里知道冉阿让和小瑞尔威之间发生的事？

费解的是，沙威要追捕冉阿让的最初缘由恰恰就是这两件他不可能知道——即使知道，也是无法肯定的事。从雨果对沙威的刻画来看，沙威是“正义的坚持者”，他不可能没找到证据就去诬陷冉阿让，何况那时冉阿让还拥有市长官衔。为某种空穴来风的事情和自己顶头上司过不去，实在是很勉强之事。

仅就小说故事而言，这些疑点一开始就出现，读起来总令人觉得最初的根基不牢。雨果素来讲究小说结构，结构一开始就出现问题，是不是瑕不掩瑜中的那个“瑕”字也太大了一点？

不能承受的欧也妮之爱

一

记得念中学时，读过一篇叫《守财奴》的课文。当时的语文老师绘声绘色地告诉我们，这个“守财奴”葛朗台在世界文学长廊中有着怎样的吝啬形象。我注意到课文的注释，它标明该文选自一部叫《欧也妮·葛朗台》的小说。我当时就想，奥诺雷·德·巴尔扎克（Honore de Balzac，1799—1850）的小说既然是以“守财奴”的女儿的名字命名，只怕欧也妮才是真正的主角。但即使欧也妮在《守财奴》中出场，整篇课文还是围绕葛朗台做文章，葛朗台死了，课文也结束了。欧也妮的结局呢？她和父亲发生冲突，是因为她将自己的金子送给了堂兄。那个堂兄和她会有什么结果吗？和葛朗台的种种行为相比，欧也妮的故事更让一个情感在模糊成长阶段的少年牵挂。我很想问问语文老师，欧也妮后来怎样了？终究没敢去问。

二

若干年后读到《欧也妮·葛朗台》的全文，我发现巴尔扎克的笔墨果然集中在欧也妮身上。当我读完人民文学出版社陆续出版的《巴尔扎克全集》前面二十四卷的《人间喜剧》后，我发现在巴尔扎克塑造的人物中再没有哪个女性比欧也妮更令人心痛和难忘。在巴尔扎克笔下，表面上他更多在着力刻画那些上流社会的风月贵妇，不论他将她们刻画得多么入木三分，还是很难令人喜爱。问题大概可一分为二，首先是巴尔扎克对社会熟悉到令人惊叹的程度，没有哪个阶层的女性能逃过他的观察；其次是那些刻画得栩栩如生的贵妇形象或是太富于心机，或是太过于冷酷，情感在她们花枝招展的身体内已经凋亡。欧也妮之所以令人心痛和难忘，就在于欧也妮不属于巴尔扎克笔下的上流社会女性，当然也不是在底层挣扎的无助女性——父亲是索漠的前任市长和最有钱的富人，尽管葛朗台的钱既不是用于挥霍，也不是用于张扬，而是用于私藏。欧也妮对金钱并无多少感觉，作为情窦初开的少女，爱情理所当然是她心中最重要的部分。描写爱情也是绝大多数小说的核心构成，只是，当我们离开巴尔扎克，看看19世纪其他小说家塑造的女性形象——司汤达笔下的德·雷纳尔夫人也好，克莱莉娅也好，雨果笔下的爱丝梅拉达也好，珂赛特也好，大仲马笔下的美茜蒂丝也好，小仲马笔下的茶花女也好，哈代笔下的苔丝也好，甚至托尔斯泰笔下的安娜·卡列尼娜也好、卡秋莎也好，她们哪一个又具有欧也妮那样纯真到极点的爱恋呢？

巴尔扎克塑造欧也妮，似乎也是他对各种女性的性格进行全部洞悉之后，发现纯真才是最值得他去全力描写的。我们可以说，欧也妮爱上堂兄夏尔，不过是歌德以为的少女怀春。说怀春不假，问题是简单的少女怀春不见得能像欧也妮那样持续一生。夏尔也没有对欧也妮做过什么令人感动之事，欧也妮的爱恋是一场主动生成的单纯爱恋，尽管夏尔被欧也妮感动，在离开欧也妮之前也爱过这位表妹，但他的爱仍是被动的爱。事实上，对夏尔那样的花花公子而言，所谓爱，不过人生遭难时的躲避场所，所以，他离开之后便迅速地忘记了欧也妮。欧也妮对情感的执着却时时扣紧读者心弦，乃至我们一方面渴望欧也妮能和夏尔终成眷属，一方面又不希望欧也妮真的委身于夏尔，因为夏尔与生俱来的风流习性配不上欧也妮的纯真。或许在巴尔扎克那里，也不觉得谁有资格在最后拥有欧也妮的爱情。打量一下巴尔扎克笔下的男性青年，《高老头》中的拉斯蒂涅和《幻灭》中的吕西安可以说是出类拔萃的代表，他们都拥有过靠苦读博取前程的清贫岁月，一旦步入社会，便迅速被社会改造成一心向上爬的鄙陋形象。夏尔和他们如出一辙，在欧也妮身边时还算清白，离开索漠后也即刻成为金钱与权势的奴仆。或许，巴尔扎克也渴望创造一些始终干净的灵魂，巴黎的染缸又实在过于恐怖，几乎没有人能逃过它的污染，哪怕巴尔扎克笔下最具自我形象的作家德·阿泰兹。阿泰兹不论在《幻灭》中如何鹤立鸡群，终究也成为皇室王妃沙龙的常客。作为清醒的现实主义者，巴尔扎克比任何人都明白，在巴黎出入的各色人等，很难不被巴黎改造成巴黎需要的样子，尤其那些具有才华和雄心的人物，更是无一能够避免。

女性能避免吗？

三

在《高老头》中出场的鲍赛昂夫人算是最有代表性的了。她从巴黎高高在上的贵族沙龙被迫隐退，所经历的不过是对爱情的相信到后来情感的破灭。在鲍赛昂夫人那里，她同样对情人付出情感，被抛弃后竟对拉斯蒂涅现身说法，导致后者对社会的真实的一面有如目睹。鲍赛昂夫人和欧也妮的一致之处是两人都遭遇情感失败，不同的是面对失败，前者选择了报复，后者选择了慈悲。或许，这正是巴尔扎克将全部情感倾注在欧也妮身上的原因。他太清楚，巴黎对所有企图征服它的男人来说，等待他们的结局无一不是堕落，对女人来说，则直接取决于她们的内在本性。鲍赛昂夫人选择报复——其手段是成为拉斯蒂涅的教唆犯——因为是她像男人一样看清了社会真相，作为女人又无力反抗；欧也妮选择慈悲，是她真的就不懂得社会的蝇营狗苟吗？只怕未必。从童年开始，她家中出入的男男女女无不是当地深富心机之辈，父亲的所作所为也无不在她眼前上演，欧也妮始终保存住自己内在的干净。干净总是令人心动。巴尔扎克塑造的少女形象繁多，清纯的灵魂也不止欧也妮一个，为什么只有欧也妮令我们读后难忘？大概就因为欧也妮始终守住的对爱情向往的干净度无人能及。

不论夏尔是不是配得上欧也妮的爱情，欧也妮始终在心里保存夏尔最初的美好形象，即使夏尔的嘴脸暴露无遗后，欧也妮仍不丢弃他当初在自己心里的样子。为一种爱执守一生，听起来是个神话，在《欧也妮·葛朗台》中，神话变成了活生生的现实。不论社会多么复杂，干净的执守永远存在，只是我们多数人难以在生活中献身或遇到这一执守。当巴尔扎克将它和盘托出之后，我们会觉得，欧也妮不是巴尔扎克的面壁虚构，而是他从生活中捞起的某个真实。这种真实稀少，所以才显得珍贵。尤其欧也妮的纯真并非百事不懂的单纯。她对夏尔产生情感时年纪尚小，随着岁月流逝，欧也妮同样在成长。她的经历看似不多，实则没哪件事不刺痛她的内心。母亲的死、父亲的死、夏尔的背叛，人生该经历的大悲大痛无不针尖样扎在她敏感的内心。她的经历和敏感不可能不让她认识社会，不可能不让她知道夏尔背叛自己的真实原因。因经历而改变自己，确会更符合生活的某种真实，托尔斯泰笔下的卡秋莎不就在被聂赫留朵夫抛弃后堕落成妓女了吗？也许有人会说，欧也妮不可能走上卡秋莎的路，是因为欧也妮并不缺钱。真这么说的人，实际上没读懂欧也妮的灵魂。

四

欧也妮之所以是欧也妮，就因为她经历的每种痛苦无一例外地成为自己执守的理念。在爱与舍弃之间，选择什么，看起来很难，其实主要在于选择者有什么样的心灵。我们总说一个人成熟的标志是知道自己究竟要什么。欧也妮的确在用自己的行为告诉读者，她要的究竟是什么。面对她的付出，我们可以说欧也妮纯真，但不能说她幼稚。纯真决不等于幼稚，所以欧也妮的选择才令人备感心痛。人世间永远有这样的选择存在，只是我们不敢轻易做出选择。人生的无论哪种选择都会付出代价。面临选择的人，会自觉不自觉地衡量哪种代价较为轻微。放弃轻微而选择沉重，不是因为选择的人愚笨，而是选择者愿意从承受中看清楚自己，反之，选择轻微是害怕承受。欧也妮承受了选择的代价，也许，欧也妮是代替所有渴望去爱的人承受了这一代价，所以欧也妮不会是巴尔扎克的纸上虚构。即便在今天，也从来没人说巴尔扎克在人物塑造上有过虚假。正因为不假，欧也妮才具有异常强大的生命力。当她从 19 世纪走到今天，我们更容易发现，欧也妮选择的爱其实是我们内心最渴望的爱，又同样是我们不敢去选择的爱。这种选择太容易压垮自己，压垮的结果也只会让我们不再相信情感的力量。

从巴尔扎克自己的一生经历来看，为他付出身心的女性数不胜数，其中有人给过他欧也妮那样的爱吗？传记再丰富，他的私人爱恋外人还是无从知晓。我们看到的是，巴尔扎克在《人间喜剧》每部小说的卷首都会写下给某某人的题献。《欧也妮·葛朗台》的题献人是玛利亚。玛利亚是谁？这是百年来巴尔扎克研究者难以确证的对象。容易让人想到的是，耶稣的母亲便是玛利亚。这让我们不免要想，对现实无比清醒的巴尔扎克，是不是在自己的奋斗生涯中渴望得到玛利亚似的圣母之爱？

罗亭真的是“侏儒”吗？

一

重读伊凡·谢尔盖耶维奇·屠格涅夫(Ivan Sergeevich Turgenev，1818—1883)的《罗亭》时忽然想起，我第一次读这本书时还是1998年。当年好莱坞大片《泰坦尼克号》正席卷全球票房，我恰好就是在看完电影当日拿起《罗亭》来读的。

无端的，我在重读时将它和当年热映的商业电影联系了起来。

二者有关系吗？

从故事表面看，小说和电影无丝毫关系：小说中的罗亭是没落贵族，电影中的杰克则是朝气蓬勃的穷画家。相同的是，两人都爱上一个来自贵族阶层的少女，结局都是没有和自己心爱的女人共同生活。

二人仅仅只这点相近吗？如果是，我也就不会在此刻想起那部电影了，罗亭和杰克的内在叠合才是我将他们联系到一起的原因。

二

罗亭在小说中登场时已经三十五岁左右了。当地没人听说过他的名字，这说明罗亭没有在青春期树立什么个人声望。也正是如此，他才以奇峰突起的方式在米哈依洛芙娜庄园客厅震惊四座。出众的口才使他谈起任何一个话题都充满热烈奔放的雄辩色彩，和他交锋的对手往往在三言两语间就被他抓住破绽，一击而溃。如果只是他口才好，也不见得能让所有人惊讶，罗亭的言辞充分体现出他对生命的理解和对永恒事业的向往。读过这部著作的人，不可能忘记罗亭出场后的惊人表现。在场的每个人都始料不及地被他吸引，尤其米哈依洛芙娜的女儿娜塔利娅，几乎在瞬间便对罗亭产生崇拜之情——这恰恰是暗恋娜塔利娅的沃伦采夫想做到却始终做不到的事。相对于罗亭，沃伦采夫性格平稳，缺乏吸引娜塔利娅的激情。对娜塔利娅这样的少女来说，最易吸引她们的又恰恰是男人表现出的渊博与激情。

少女对男人产生崇拜，很容易就走向爱情。罗亭对娜塔利娅也表现出好感，甚至采取了大胆的追求攻势。令所有读者意外的是，当娜塔利娅提出和罗亭私奔之时，罗亭突然失去了曾经表现过的所有激情，一句“只有屈服”的回答摧毁了娜塔利娅的全部梦幻。

我无法忘记当时的阅读感受。罗亭怎么了？他曾经表现出的激情和对生活的向往怎么突然间消失得一干二净？对罗亭的失望使我颇为气沮，乃至小说的后部分是在一种迅速打发的状态下翻完的。我忘不了娜塔利娅当时的伤心和绝望。甚至觉得，如果我是罗亭，一定会带着娜塔利娅远走高飞，然后……然后会怎样？我那时没能力去想答案。我只是觉得，任何一个男人都不可能会是罗亭那样的懦弱表现，尤其是几天之前，他还将人生的短暂性与意义的永恒性谈论得那样神采飞扬。当生活一对他开启大门，这个令人感觉勇敢无畏的男人就突然退缩到角落不敢动弹。看看电影里的杰克，奋不顾身也要带走和自己相爱的女人。

难怪，屠格涅夫的小说一发表，当时的批评家就众口一词地将罗亭说成“语言的巨人，行动的侏儒”。

这个说法对吗？

表面上看，当然对。罗亭的表现和这一界定丝丝入扣。谈哲学、谈生命、谈事业、谈永恒，没有人是罗亭的对手，关键是，几乎所有批评家都忽略了一件事，热衷谈话的罗亭从未将话题指向过生活本身。

罗亭不知道生活吗？我觉得，屠格涅夫将罗亭出场的年龄安排在中年，着实经过了一番深思熟虑。人到中年，不可能不懂生活，更不可能没经历过生活。小说对罗亭曾经的生活几乎没有涉及，我们唯一知道的，是罗亭自己在演说中谈到曾在德国度过两年大学时光。值得注意的是，大学时光和生活还是有相当的距离。罗亭的大学生活结束之后呢？他是何时回到俄国的？在国内又有过什么经历？他爱过谁吗？以他的激情和才华，娜塔利娅也不可能是第一个爱上他的女人。他怎么没有结婚？或者，他结过婚吗？所有这些问题屠格涅夫都没有涉及，罗亭的年龄却不可能不涉及这些。因此在小说出场时，罗亭已经是有过生活的人了，以他的敏感，不可能不从自己的经历中知道生活究竟是怎么一回事。

娜塔利娅知道生活的真相吗？回答是一无所知。从小在母亲的庇护下长大，十七岁的年龄使她除了幻想和憧憬，还无法知道外面的广阔世界有着怎样的十面埋伏。在罗亭回答她“屈服”之前，娜塔利娅曾问罗亭，“我已经习惯信赖您，而且将永远信赖您。告诉我，您有什么打算？”对罗亭来说，也许他不是第一次遇到这样的少女和问题。他之前有过什么选择？这恰恰是我将小说联想到电影的原因。当泰坦尼克号上的露丝还来不及将问题抛给杰克之时，杰克就做出了要带走露丝的决定。

杰克为什么敢？

三

对杰克来说，他当时一无所有，就连上船的票也是靠赌博赢取的。他的优势是他的青春之龄，对未来抱以激情。露丝被他吸引，继而给予信赖，就像娜塔利娅被罗亭的激情吸引一样。我不禁觉得，罗亭在年轻之时也一定和杰克的想法一致，总觉得未来不是问题，甚至觉得依靠自己的努力和才华，就能毋庸置疑地赢得全球喝彩。这样的想法固然值得称道，问题是，生活一定会按自己以为的实现吗？李白以为自己才华盖世，还是被唐玄宗逐出长安；杜甫以为自己能“一览众山小”，仍旧落得半生凄惶；巴尔扎克以为成功唾手可得，还是在金钱的逼迫下挣扎一生；里尔克以为自己能以诗为生，却只能离开妻女，居无定所地终生漂泊，若无一些喜爱文学的权贵们施舍，饿死多少遍也不足为奇……例子用不着再举，说明的只是生活不可能“屈服”于个人的激情。

人对生活，固然要有激情，但仅有激情，仍然不可能凭“以为”就能征服生活。作为当时年过四旬的导演，卡梅隆无疑经历了完整的生活，也懂得了生活的真相是什么。他当然赞赏激情，也赞赏杰克的生活态度。他知道，杰克的态度是征服生活的第一要素。第一要素却决不是全部要素。如果杰克和露丝都在沉船的灾难中活下来，他们真的会幸福吗？杰克以自己的死亡升华了露丝对生活的热望。怀念可以支撑她的后半生。如果没有怀念，只有他们日复一日的日常生活的话，两人还真未必就能幸福，因为幸福的前提是杰克取得成功。一个人要获取成功，无不受制于渺茫的概率，所以只能说，杰克有可能成功，也有可能不成功。他成功只是有可能保证他和露丝幸福；如果他失败了呢？露丝会不会后悔当初的选择就难说得很了。观众被他们吸引，是他们的相处始于爱情，也终于爱情。作为最美好的情感，爱情占据他们之间的分分秒秒。杰克的生命结束了，露丝的爱情却没有结束，也不可能结束。对观众来说，看到的全部就是他们的爱情；对他们来说，时光也给予了还来不及褪色的全部爱情。他们是在最美好的时刻走向永别，生活尚未对他们展开真正的攻击。杰克的死固然令人痛惜，对他们的爱情来说，却难讲不是圆满。

四

但罗亭不是杰克，哪怕他曾经是杰克。罗亭此刻毕竟已走过了对生活充满无畏的青春阶段，当他来到中年，不可能没吃过生活的苦头，甚至他也可能在青年时期带走过一个“露丝”。娜塔利娅和露丝也的确十分相似，两人都对爱情有热烈的向往，甚至娜塔利娅比露丝更为单纯，几乎没品尝过生活的坎坷滋味。她遇到罗亭，还真像露丝遇到杰克。只是，她遇到的不再是那个无知无畏的杰克，而是长大后更名为罗亭的中年人。罗亭不敢带走娜塔利娅，理由完全从生活出发，“我一贫如洗……诚然，我可以工作；不过即使我有钱，您是否忍受得了与家庭决裂呢？忍受得了您母亲的愤怒呢？”我们可以说，罗亭的理由令人鄙视，这也恰恰是我当时读到此处时的感受。这些话让我不免去想，既然他不敢带走娜塔利娅，就不应该追求娜塔利娅，既然追求了，就应该将她带走。这些问题真能在现实面前行得通吗？罗亭是从生活中直接走进娜塔利娅的幻想世界的。在他眼里，娜塔利娅的清纯是自己内心最渴望的幸福对象，他更加知道，幸福没有前提，就不可能成为自己真正的幸福。该前提就是物质条件之外，娜塔利娅的母亲是否同意。屠格涅夫告诉我们，米哈依洛芙娜的态度非常鲜明，她不可能将女儿嫁给罗亭。她态度坚决，倒不是罗亭和女儿年龄极不相称，还因为她从最初对罗亭的欣赏进入了真正的认识阶段。不错，罗亭在客厅的雄辩之才震动了所有人，也包括米哈依洛芙娜。米哈依洛芙娜毕竟明白生活，她可以欣赏罗亭的才情，却不会像女儿一样，就此拜倒在罗亭的魅力之下。她了解生活，所以才迅速发现，除了三寸不烂之舌，罗亭没有抵抗生活重负的任何能力。因此，米哈依洛芙娜在小说中，绝非是处在拆散有情人的冷酷位置，她代表成熟的理性。生活最终需要的，不恰恰就是理性？

很少有人提及，罗亭在最紧要关头也表现了自己的理性。面对罗亭与娜塔利娅的交谈结果，大多数读者很难将情感从娜塔利娅的悲伤中移开。被爱情伤害的少女的确能抓紧读者眼球，“我哭并不是由于您担忧的那些原因……我不是为这些事伤心。我伤心的是我看错了人……真想不到！我来是要您帮我出主意的，又是在这样的时刻，而您第一句话竟然是：屈服……屈服！原来您就是这样来实践您那套关于自由和牺牲的高论的……”娜塔利娅的话充满绝望，也暗含指责。被娜塔利娅吸引住的我们很容易接受这些指责，她的指责又容易令人忽略很关键的一点，那就是罗亭放弃娜塔利娅恰恰是对自己的“牺牲”。在娜塔利娅的哭泣面前，我们难以觉得罗亭那句“我盼望的那种幸福，我是享受不到的”的话还有什么分量。事实上，罗亭的话确是来自肺腑。对罗亭来说，幸福的前提一旦失去，他就只能放弃娜塔利娅，哪怕他是放弃自己有可能得到的幸福。他比天真的娜塔利娅更知道的是，幸福并不那么容易延续。作为当事人，他比任何人都懂得，接受娜塔利娅，就意味接受一种责任。这种责任不是随随便便就可以拎起的。罗亭懂得生活的真相，更懂得自己的能力。如果他真有能力，就不会在这个年龄还处于默默无闻的独身境况当中。

那么，罗亭当初表现的激情是假的吗？

当然不是。不论当年初读还是此刻重读，我都有种强烈的感觉，那就是罗亭始终都不虚伪。重读时我还体会到，罗亭的真正悲剧不是他放弃娜塔利娅，而是他始终怀抱从没舍弃过的某种理想。他知道这种理想已没有实现的可能，他依然怀抱它，这就不是一种简单的情怀。正因为有情怀，他才更懂得责任的重要。对自己无法承担的责任，他选择放弃，难道不正是他的"牺牲"？从这里来说，娜塔利娅从来就没有理解过罗亭所说的"牺牲"究竟是何意。

罗亭怀抱理想的证明已经由屠格涅夫告诉了我们。离开米哈依洛芙娜庄园之后，浪迹天涯的漂泊成为罗亭一年年的现实。漂泊没有让罗亭失去激情。伴随他生活的，是想方设法地创办实业、疏浚河道、从事教育等等，但没有一样不前功尽弃。不论成功失败，我们看到的是，罗亭在不停地行动，或许这是他早已规划和预料到的生活。罗亭的结局令人震惊：他参加了1848年的巴黎革命，在其他人纷纷逃命的关头，罗亭挺身而出，最终死在街垒当中。那些逃命的人没一个知道罗亭究竟是谁，甚至还以为他是"波兰人"。

五

屠格涅夫这部小说能成名著，就在于《罗亭》并不是简单的个人故事。尤其在今天，它触及现代生存论的根基——人要如何生存？究竟为什么生存？靠什么生存？生存的方式和手段又是什么？掩卷之余，我又不由想起评论家们的苛刻之言，罗亭果真是“行动的侏儒”吗？他真的害怕生活吗？我觉得恰好相反。如果他害怕生活，就不会过风餐露宿的日子；如果他不敢行动，就不会在枪林弹雨中直面死神。小说中真正理解罗亭的是曾和他吵过架的列日涅夫。后者在外省意外遇见罗亭，那时罗亭已满头白发，历尽沧桑。当罗亭以为自己唤起了对方的怜悯之时，列日涅夫忍不住告诉罗亭，“你令我尊重……盘踞在你心里的不是一条虫，也不是一颗由于无所事事而焦虑不安的灵魂——那是热爱真理的烈火在你内心熊熊燃烧……假如我处在你的位置上，我早就迫使内心的这条虫安静下来，早就跟一切妥协了。可你却毫无怨言……”列日涅夫的话恰好表明，像他这样屈从于生活的人正是生活中的绝大多数。他们不是不要理想，而是当理想和生活发生碰撞之时，都自觉不自觉地及时调整自己的方向。罗亭同样遭遇了理想与生活的碰撞，他宁愿付出全部的代价，也不肯舍弃自己对理想的坚守。正因如此，在屠格涅夫六部长篇小说的主人公中，我始终以为罗亭是来自生活本身，刻画得最为真实、最为丰满的人物形象。我不太明白当时的俄国评论家们为什么要将罗亭划入“多余人”行列，将他说成“理想主义者”不是更准确吗？

至于娜塔利娅，如果真的跟随了罗亭，那种“衣食无着、漂泊无依”的生活会是她在天真时代所能预料的吗？会是她能够承受的吗？无端的，我又想起鲁迅的小说《伤逝》来，心里不禁陡然涌上一股难以言说的复杂……

昆德拉讲述的自由幻象

一

对热衷用意识形态来界定自己作品的那些评论，米兰·昆德拉（Milan Kundera，1929—）总是感到颇为恼火。从小说技法来看，昆德拉善于故事的编织，其编织方式也令人体味到小说文本蕴含的现代魅力。在昆德拉的小说中，我比较偏爱《为了告别的聚会》。近日抽暇，又读了一遍。

小说有个吸引人的开篇。茹泽娜给情人克利马打电话，告知他自己已经怀孕。已有妻室的克利马在惊慌失措中答应前来商量对策。风流韵事总容易吸引读者眼球，昆德拉又显然不是想单纯地写一桩风流韵事的来龙去脉。从出场的所有人物来看，昆德拉在这部小说中想谈论的是自由是否存在的问题。

人都想拥有自由，自由却给人设下一个不能逾越的边界。只是这边界过于模糊，使得想自由的人总会有意无意地碰上某条界线，界线又拥有强大的存在本质。因此，昆德拉笔下人物要解决的问题，实际上都隐含一种哲学意味。

从昆德拉撰写的几部评论理论集来看，这位小说家对哲学一点也不外行。在那些集子中，昆德拉十分高明地阐述自己的小说主题，并将其拔升到形而上学的高度。对于人的自由问题，昆德拉却鲜有触及。把他那几部评论理论集读过几遍之后，我真没发现昆德拉对自由说过些什么，但这并不意味着昆德拉的小说人物不会触及自由。对他笔下的那些人物来说，自由存在与否，是他们还原失去的目的和生活价值的关键。

在我看来，昆德拉借助《为了告别的聚会》，述及三个层次的自由。

二

克利马是名闻全国的小号手。一个成功的男人总容易步入婚姻之外的性领域。因此小说浮于最表面的自由就是克利马的越界是否自由。他和茹泽娜虽只共度过一夜，那一夜是克利马在演出中见缝插针的一夜。从小说开篇也能知道，对克利马来说，这样的夜晚不会只有这一次。昆德拉素来喜欢将性摆在作品的重要位置，因此他小说中的男人几乎都可以重叠。在克利马身上，很容易看到《生命中不能承受之轻》中托马斯的影子。托马斯能和萨宾娜挖空心思地玩性游戏，是因为萨宾娜为托马斯取消了“不幸的后果”这一前提，对没有取消这一前提的特丽莎来说，她就很自然地将前提转换成托马斯给予她的婚姻。在克利马那里，他的婚姻给了凯米蕾，他也并不愿像托马斯那样，让婚姻随便解体，因此，茹泽娜的麻烦就必然变成“不幸的后果”。只是在婚姻之外，托马斯炮制的“三三原则”使得他比克利马在女人世界中要游刃有余得多，尽管两人面对妻子的态度，那些没完没了的欺骗、哄劝、安慰、表白，几乎如出一辙。作为读者，我们看到不论哪种方式，昆德拉笔下这些人都在极为无力地进入理性的二律背反。

在二律背反中，自由消失了，取而代之的是让人寝食难安的恐惧深渊。克利马时而心乱如麻，时常觉得“茹泽娜和所有这些人勾结”。于是，在舞台上潇洒自如的小号手被刚刚碰到便被反弹回来的界线毫不留情地击垮。读者很容易被他吸引，又很难给予他同情。在克利马的焦虑中，昆德拉以最迅捷的方式，暴露出现代人在自由随意地扔下结果后的病态软弱。我们由此看到，在自由退场之后，克利马便迅速被可怕的奴役捆绑，进入了可怕的噩梦之中。

于是，克利马的自由在噩梦中枯萎——至少，他不得不堕入对妻子的欺骗，立刻赶到疗养镇。依附这条线索，昆德拉不失时机地将笔尖伸入第二种自由之中。那就是现代人是否还有爱的自由。

三

当克利马精疲力竭地希望茹泽娜去打胎之时，弗朗特出现了。这个机械工疯狂地追求茹泽娜，他的疯狂却撞上茹泽娜的冷漠。具有讥讽意味的是，连昆德拉也不知道，茹泽娜腹中的孩子究竟是克利马的还是弗朗特的。他能够告诉读者的只是，即使茹泽娜和弗朗特自由地上过床，也无法代表茹泽娜就爱上了弗朗特。茹泽娜和弗朗特的上床态度，恰好对应克利马和茹泽娜上床之后的态度。这个细节表明，茹泽娜也希望有身体的自由，哪怕她厌恶这个和她上过床的机械工人。这三人之间的交叉关系，是昆德拉以小说平行生活的非凡体现。克利马始终不知道弗朗特的恶意从何而来，弗朗特也拿不准克利马是否茹泽娜的另外一个情人。在昆德拉眼里，他们的彼此纠结很难说是来源于爱——茹泽娜用尚未出世的孩子威胁克利马，就已经不再有爱的成分；弗朗特对茹泽娜疯狂，却很难说成熟。弗朗特本人并不成熟。不成熟的爱当然称不上是爱。令读者意想不到的是，在茹泽娜死去前夜，给予她一生最美好夜晚的男人是在克利马陷身困境之后，第一个对他施以援手的美国人巴特里弗。巴特里弗爱茹泽娜吗？他轻描淡写地告诉斯克雷托医生："我认识许多女人，我了解她们的爱。"和茹泽娜上床之后，巴特里弗的妻子也将于翌日来临，他已做好了去车站迎接的准备。

小说中的女性除茹泽娜外，昆德拉对凯米蕾也落墨不少。表面上看，这个因嫉妒而追踪丈夫到疗养镇的女人极爱克利马，从结婚开始，她首先给克利马的是对自我的痛苦陶醉，紧接着就是无休止的监视和怀疑。她来到疗养镇，仿佛不是为了追踪丈夫，倒像是为了接受曾经的导演对其展开的勾引。在令人眼花缭乱的场景转换中，昆德拉描述的现代情感几乎都像浮在啤酒杯上的泡沫。没有哪个泡沫有沉到杯底的力量，那些泡沫却在杯子上进行着无意识的紧密牵连。

翻遍昆德拉的叙事小说，除了《玩笑》中的露西，又有哪个女性具有真正的爱呢？当然，也没有哪个男人具有真正的爱。在《生命中不能承受之轻》中，托马斯一出场就站在窗台上沉思，他要特丽莎回来，“究竟是出于疯，还是爱”。昆德拉发现，在每个人都需要爱的时候，爱已经到了人触及不到的远处。身体的自由恰恰驱赶了爱的自由。爱变成了一个巨大的现代疑问，可以无穷假设，就是没有一个答案。没有爱的答案，也就没有生活的答案。因此昆德拉的笔下人物，彼此虽然发生着一连串的关系，却没有哪种关系具有激动人心的力量。说昆德拉不够深沉的人忽略了，正是在对爱的失去或讥讽中，昆德拉触及了现代哲学的唯理论命题。现代人很难拥有信仰，是因为无力克服意识的唯理论。当爱在人的精神世界中缺席，人就失去了追寻的途径。在克利马和茹泽娜等人的思想深处，未尝没有将自我沉沦转换成主体的意识，以此来恢复那些失去的感受。只是，克利马们无法知道失去的究竟是些什么，似乎只有在身体的放纵之后，他们才能紧紧抓住被奴役的意识，恢复对自我的种种确认。

这样的代价是否太高？昆德拉用涉及的第三种自由回答，不算太高。

四

克利马为劝说茹泽娜打胎来到疗养镇，只是这部小说的引子。小说的真正主角是即将出国的雅库布。在雅库布身上，昆德拉要考察的是一切自由之上的最大自由——人的命运是否自由。

来到疗养镇，雅库布是想交还斯克雷托医生为他配制的毒药。对曾经蹲过一年监狱的政治犯来说，雅库布感到需要掌握自己的命运。随身携带一片毒药，便能随时充当自己死亡的主宰，知道自己有随时逃避人生的力量。在这片毒药跟随他十五年之后，有所外国大学邀请他过去教书。当局允许他出国之后，雅库布感到不需要毒药了，他想还给斯克雷托医生。那么，他想交还的仅仅是片毒药吗？还是想趁机与过去的自己告别？难道出国之后，就不需要掌握自己的命运了吗？对雅库布而言，出国就意味自由来临。在还没有得到他以为的自由之前，雅库布一直以身藏毒药感到某种内心优越。意料不到的是，当他将这个秘密告诉他的被监护人奥尔加时，奥尔加不仅没有兴趣，还觉得滑稽。雅库布猛然发现，奥尔加既不像自己以为的那样悄悄爱他，对他的离去也没有任何留恋。正是奥尔加随意的态度，使雅库布突然意识到自己不过被荒诞牵住了鼻子——那片象征他人生高峰的毒药不过是一出被遗忘的、甚至还相当枯燥的戏剧。于是转眼之间，雅库布感到自己虽然即将出国，却仍被命运夹在一个挣不脱的夹缝里，成为被嘲笑和揶揄的对象。他以为的崇高不过是被毒药掩饰的一场玩笑。因此，当毒药无意间被茹泽娜拿走，雅库布始终无法将要回毒药的打算变成真正的行动。他既然终于确定自己向斯克雷托医生要毒药的要求不过是十足的作态，不过是企图引起人们对他曾经坐牢受苦的注意，那么这个破碎的崇高象征物被谁拿走又有什么要紧？和奥尔加最终上床，不过是为了证明自己和所有人一样普通及平庸。奥尔加和他上床，不是出于爱他，更不是出于他曾幻想过的崇拜，只是简单的性要求。当奥尔加以猥亵之语排斥掉他原本设想的温情围绕时，雅库布就不得不将所有的幻想和崇高的利他感变成不折不扣的游戏。因此，不论雅库布将去往哪个国家，他再也产生不出自己将获得自由之感——可笑的荒诞使他发现生活不过是一次无聊的演出。他所设想的自由原本站在崇高的顶端，现在连崇高本身也忽然倒塌成碎片，更可能的是现实中根本就没有崇高的事物。

五

难道昆德拉如此着迷平庸？

我倒不觉得如此。或许在昆德拉那里，他面对的生活和现实难说平庸与否。他为《玩笑》撰序时谈过一件轶事。法国作家路易·阿拉贡对苏联入侵捷克斯洛伐克表现得义愤填膺，宣称再也不会踏上俄国领土，仅过四年，一枚列昂尼德·德·伊里奇·勃列日涅夫颁发的勋章就让阿拉贡飞抵莫斯科。昆德拉写出此事，是想说明什么呢？除了他对生活的反讽，也许再没其他目的。从他全部小说来看，反讽是他、也是20世纪无数小说家惯用的表现伎俩。因此，与其问昆德拉是否着迷于平庸，不如问他为什么热衷反讽。或许生活在他眼里从来就没有变化——不管他自身经历了多少波折，生活的本质和内在从来没变。他用一部部小说告诉我们，所有人在生活中最终能露出的，只有无可奈何的苦笑。昆德拉不是写过以“笑”为主角的《笑忘录》吗？他描述人类在20世纪的生活之恶中，失去了发自内心的由衷的笑。所以，他苦笑是因为发现了生活的最高真实，这一真实包含的又是欺骗、谎言、遗忘和人的悲哀本质。

昆德拉的每部小说都几乎涉及这一本质。尤其在《为了告别的聚会》中，不论是克利马还是雅库布，不论是茹泽娜还是凯米蕾，他们最终都撞上欺骗与谎言构成的现实荒诞。在荒诞来临之前，他们没有谁不觉得生活是在自己熟悉的轨道之内。他们最终又发现，自以为熟悉的，不过是色彩剥落前的种种幻象。生活迟早会揭开幻象的帷幕，他们最终只会面对生活本身，说生活平庸也好，脆弱也好，没有人可以反抗。生活会诱使无数人反抗，人最终又会发现，高出反抗之上的仍然是生活。高出反抗的生活谈不上意义，却具有更高的存在感。从昆德拉的反讽中我们能看到的，只会是每个人身上必然携带的无能为力的荒诞。

昆德拉未必着迷荒诞，但作为小说家，他必须面对更高的现实和真实。

川端康成的残酷温柔

一

描写初恋的著作很多，能一下子想起的有约翰·沃尔夫冈·冯·歌德的《少年维特之烦恼》，伊凡·谢尔盖耶维奇·屠格涅夫的同名中篇《初恋》，玛格丽特·杜拉斯的《情人》，还有川端康成（Kawabata Yasunari，1899—1972）的《伊豆的舞女》，等等。这些小说结局都很悲惨。歌德刻画的维特开枪自杀，屠格涅夫笔下的季娜依达死于难产，杜拉斯描述了“我”爱到尽头的孤独。将这几部小说和川端康成的《伊豆的舞女》相比，我发现我更喜欢川端康成的小说。

因为川端康成的故事最为残忍。

是不是有点奇怪？

川端康成笔下没有自杀，没有皮鞭的狠抽，没有绝望的孤独……这些又恰恰是读者眼里最残忍的部分。我也觉得奇怪，读前面提到的几部小说时，觉得它们残忍；读到《伊豆的舞女》时，我感觉它比前几篇更残忍。

自杀与绝望，都是人能体验到的某种极致。作者写小说都想达到极致，读者也需要在阅读中达到体验的极致。没什么极致比得上死亡和绝望了。维特的自杀是因为绝望，绝望又不仅仅是因为绿蒂嫁人了，维特任职公使馆后的生活打击也在推波助澜。季娜依达被皮鞭抽打时已暗示了最后的难产结局。杜拉斯的绝望形同于生不如死。她难以忍受与中国情人的告别，是因为她付出了一个少女能付出的全部，尤其是疯狂的肉体结合，不可能不在她内心留下永难愈合的创伤。所以，这些小说具有的共同点是，他们的行为本身和结局构成密不可分的因果链。他们以自己的行为契合了爱恋的主题，有表白、有发展、有性爱。男女主人公之间的关系清清楚楚，要么两情相悦，要么落花有意、流水无情。无论哪样，对当事双方来说，爱恋相当明确地发生了。

《伊豆的舞女》也明确吗？

答案是“不明确”。

没有表白、没有发展、没有吻，更没有性爱。

它反而具有最彻底的残忍。

二

小说中的“我”刚刚二十岁，在一次去伊豆的旅行中，无意间遇见薰子一家。“我”当时的感受是“旅途的情趣油然而生”，翌日晚上，“我”住进汤岛的旅馆，恰恰又逢上薰子一家来旅馆演出。川端康成很老辣地避开“我”的心理，或许，当时的

“我”也没什么很强的心理感受，只是不知不觉地被薰子吸引，于是在无意识心理的引导下，“我”开始跟随薰子的行走方向。

展现人生被无意识引导，是川端康成在小说中取得的成就。《伊豆的舞女》能成为他一举成名的代表作，难说这不是最直接的原因之一。“我”跟随薰子的方向，是“我”爱上了薰子吗？当然不是，能肯定的是，薰子引起了“我”的好奇。“我”不知道好奇会带来什么，一如投入人生的人不知道命运会带来什么一样。“催促我赶路”和使“我心房猛烈跳动的”只是“一个希望”。“我”断定不了“希望”的结果，“希望”的动因只是想看见薰子。这是最微妙的初恋心理，它支配了“我”的行动。我们看到的，几乎就是一场无意识的追逐。

全部是无意识吗？

不能那么说。在小说开篇，当“我”冒雨攀登到山岭上的一家茶馆时，薰子一家也在。他们“不到一小时”又很快离开。“我”从茶馆老太婆轻蔑的口吻中得知，“那种人谁知道会住哪儿呢……哪儿有客人，就住哪儿呗。”“我”当时居然涌上“今天晚上就让那位舞女到我房间里来吧”的念头。

整篇小说中，这是“我”第一个清晰的意识。它也是这部小说受到一些评论家责难之处。我倒是觉得，“我”的这一心理没什么不正常，它至少反映了“我”潜意识中被灌输的对舞女阶层的某种轻佻认识。对小说而言，“我”的这一念头和接下来的行为形成强烈对比，它更能表明川端康成对人物的真实刻画。没有任何人能说，单纯的年纪里不会有突如其来的邪恶想法，就如十恶不赦的恶棍也会有出人意料的善举一样，否则就无法解释维克多·雨果在《九三年》中刻画的朗德纳克侯爵救下三个孩子却让自己被捕的瞬间行为。堪称大师的小说家永远懂得人在某种环境下会产生什么样的意念，只是那些意念不会将人从头到尾控制而已。

“我”最真实的性格随着小说展开。它同样来自一个清晰的意识。第二天早上“我”追上薰子一家之后，薰子的哥哥荣吉主动和“我”打招呼。于是“我”和薰子一家开始结伴而行。当夜他们投宿一家温泉旅馆。薰子等人被客人们叫去表演。“我”在雨声中倾听歌舞之声后突然担心，“那舞女今晚会不会被人玷污呢？”这一想法和头天晚上自己对薰子的想法类似，只是角色出现了转换。读者能立即发现，为薰子担心的“我”才是小说中真正的“我”。即使他对薰子有过不良之念，此刻的担心却更能表现他最真实的内心。他昨晚的念头如果是真的话，恐怕会对薰子的遭遇感到无所谓。正因为他担心起来，才让我们从这道思绪的窄门中窥见“我”最真实的内心世界。读者也能感受涌起在这一内心世界的，必然是他从对薰子的好奇走向了某种自己也无法肯定的情感变化。这种细微到极处的体验，川端康成只用了寥寥数笔便呈现出来，不能不令人惊叹。

小说中的“我”始终不清楚自己的这一心理。哪怕他在担心中感到内心“阵阵作痛”，也不能使他知道自己是否已经爱上了薰子。爱情的奇妙之处，就在于当事人也确定不了它是何时到来。初恋更是如此。川端康成以细致到极处的笔尖勾勒了“我”的心理深入层次，读者能体会，当事人却始终懵懂。对“我”来说，在薰子那里体验到的最大幸福有两处。一处是第二天上午薰子去温泉浴场洗澡，“我”看见了薰子赤裸的身体。二十岁的男人第一次看见女人的身体，不可能不冲动。奇妙的是，川端康成让我们感受的却是美的出现。初恋是美的，正如少女的身体是美的。“她，就是那舞女。洁白的裸体，修长的双腿，站在那里宛如一株小梧桐。我看到这幅景象，仿佛有一股清泉涤荡着我的心。”用身体的美对应初恋的美，似乎没有第二个作家如此描述。生命中这样的美不会出现第二次。对读者来说，哪怕经历了无数人世沧桑，也会愿意再一次面对这样的美。只是我们同样知道，正因为它只会出现一次——就像大仲马说过的“人的一生只能爱一次”——那样它才会在我们内心激起最为纯美的感受。这也是永不重来的感受。能够体会，当“我”看见薰子还是个“孩子的身体”时，内心充盈的温柔感受将如何扩散到每一个毛孔。川端康成内心如果没有这样对美的留恋和温柔，也不可能写出如此段落。

三

美国人类学家鲁恩·本尼迪克特写过一部关于日本的专著《菊与刀》。鲁恩在该书中仔细勾勒了日本民族尚武与爱美、残酷与温柔的相悖两面。川端康成在《伊豆的舞女》中，极尽细腻地刻画了日本民族最温柔的一面，也是最人性的一面。“我”初恋的幸福在看见薰子的身体时体验了一次，另一次是“我怀着期待的心情，把说书本子拿起来。舞女果然轻快地靠近我。我一开始朗读，她就立即把脸凑过来，几乎碰到我的肩膀，表情十分认真，眼睛里闪出了光彩，全神贯注地凝望着我的额头，一眨也不眨。好像这是她请人读书时的习惯动作”。

整篇小说中，这是“我”和薰子最接近的一次。他们中间有书本。两人此刻有心灵沟通吗？川端康成没写，他把想象空间留给了读者。在川端康成笔下，这是温柔到极点的场景。和歌德、屠格涅夫、杜拉斯等人描述的初恋相比，川端康成笔下出现的，或才是最令人留恋的瞬间。情感朦胧的两人间没有恋情的告白，没有身体的接触，哪怕一次少男少女间纯洁的初吻也没有，这一时刻却更为令人动容。川端康成似乎在告诉我们，真正的初恋能够干净到何种地步。“我”和薰子知道这是人生中不可再来的时刻吗？小说中的二人都不大清楚。对“我”来说，这样的时刻既是从未体验过的温柔时刻，也是被莫名幸福所充溢的时刻。薰子在“我”读书时一直“凝望着我的额头”。对情窦初开的少女来说，这样的时刻同样会是她内心最温柔的时刻，也是会被莫名幸福充溢的时刻。

川端康成的高明之处，就在于他没有从这样的时刻进入读者期待的情感发展。他们都年轻得不知道这些美好就是初恋的范畴，所以，接下来的事情始终在薰子一家的遭遇中展开。那些事情都细微而具体，读者看到和感受的都不过是日本艺人没有地位的现实。它也暗示了“我”与薰子没有结果的恋情，哪怕他们一直不知道在互相爱恋。只是当“我”发现旅费花光，不得不第二天回东京时，“我”在窗台上面对黑暗的街市，听到薰子从远处“不断隐约传来的鼓声。不知怎的，我的眼泪扑簌簌地滚落下来了”。这种莫名的悲伤比某个看得见摸得着的悲情时刻更令人心痛。读者明白“我”为什么落泪，“我”自己却不明白，或许“我”也隐约明白，但肯定不了。他和薰子间始终隔着一张分开二人的窗纸。“我”没去捅破，薰子更没有。读者希望他们捅破，又会不知不觉担心捅破。捅破能有什么结果呢？歌德捅破了，屠格涅夫捅破了，杜拉斯捅破了，结果都是能够预料的悲惨。读者面对“我”和薰子，会觉得他们太年轻，尤其十四岁的薰子，读者会更愿意她保持自己的干净，不论身体还是情感。初恋应该美好。人生中也许没有比初恋更美好的感受了。恰恰是太美好，所以也会有苦涩和悲伤。“我”流泪的时刻，也就是体会那种苦涩和悲伤的时刻。这两种感受就像“我”和薰子间的美好一样单纯。

四

单纯中的悲伤是最令人心痛的悲伤。它一旦出现，就很难再抑制。“我”知道第二天要和薰子告别了。他不知道自己爱上了薰子，只体验到告别在即的悲伤。这个细节让我想起列夫·托尔斯泰在《复活》中的描写，当十九岁的聂赫留朵夫第一次和卡秋莎告别时，忽然觉得是在“舍弃一种美丽的、珍贵的、一去不复返的东西，于是他不由得很悲伤”。这是初恋的悲伤，当时的聂赫留朵夫不懂得，就像川端康成笔下的“我”不懂得一样。托尔斯泰写《复活》的目的当然不是要写初恋，川端康成却是，所以，川端康成笔下的初恋结局也就是“我”的结局。

荣吉告诉“我”，因为“睡得太迟”，所以不来送行了。对他们来说，“我”不过是他们卖艺途中邂逅的一个大学生，送不送有点无所谓。只是当“我”来到码头时，意外看见薰子已经在等待。分别时刻的对话仍然不是表白，“我”上船之后，薰子连再见也没有说，只“再次深深地点了点头”，“直到船儿远去，舞女才开始挥舞她手中白色的东西”。

船到大海之后，“我”的感受是，“同舞女离别，仿佛是遥远的过去了”。简简单单的话，就已经表明薰子已成为“我”再也抹不去的记忆。当“我”躺下来后，“泪水簌簌地滴落在书包上”，哪怕“别人看见我在抽泣，我也毫不在意”；当夜晚来临，我还是“任凭泪泉涌流。我的头脑恍如变成了一池清水，一滴滴溢了出来”。独自在船上哭泣，是川端康成的初恋结局，也是杜拉斯《情人》的结局。杜拉斯的哭泣是明确的，她知道在和自己的情人永别。她付出了自己的一切，他们中间的一切清晰如镜。在川端康成笔下，主人公的悲剧是什么都没有展开，它却内涵了一个人成长阶段里最有价值的东西。他碰触到生活中最美的一面，这一面没有被任何东西玷污。所以，川端康成的故事比歌德们的故事有更深的悲剧意味，它越美，就越有更深的残忍。对“我”来说，一切都在表面上结束，内在却永远不会结束。对薰子来说，她往后的人生必然将遭遇最残酷的一面。记得在山口百惠主演的同名电影中，最后的结局是薰子被一个酩酊大醉的男人抱住。这是小说中没有的情节，导演西河克己设计这一幕，是他知音般理解了川端康成对人生的悲剧认识。鲁迅不是说过“悲剧是将人生有价值的东西毁灭给人看”吗？电影让我们看到这一毁灭，川端康成笔墨集中在“我”的身上，同样在叙说“我”内心的悲剧。所以，“我”毫不在意旁人看到“我”流下的泪水。因为太纯洁，所以太珍贵。这就是川端康成的主题。它比歌德等作者的主题更能拨动读者心弦，让读者在对小说的深入中体会到人生更深刻的残酷。

世界文学史上，关于初恋的小说差不多都是作者的亲身经历——歌德经历了维特的情感，屠格涅夫经历了弗拉基米尔·彼得罗维奇的情感，杜拉斯经历了自己最刻骨的跨国早恋。和他们的初恋比起来，川端康成没有经历明确的初恋表白和肉身结合。是不是因为如此，他才毕生陷在对美的幻念当中。这恰恰又和日本民族的性格丝丝入扣。年轻时遇见的美在川端康成内心留下永难愈合的失落。歌德、屠格涅夫、杜拉斯等人经历的，不过是一次情感的失去，川端康成却在此失落了全部的心灵。从他一生来看，从《伊豆的舞女》开始，川端康成毕生都在寻找美的路上不倦奔波。他找到的是什么呢？从《雪国》到《古都》，从《古都》到《千只鹤》，我们看到《雪国》叶子的死，看到《古都》苗子在幻想中的迷失，看到《千只鹤》违背人伦的悲伤唯美，所有这些，都像来自《伊豆的舞女》所建起的幻美根基，让我们一步步领略到美的残酷。残酷引导了作家的人生。川端康成最后走向自杀，是不是他永远没得到人生的至美所致？至美是他的幻念，当他倾尽心力不得之后，终于以自杀承认自己对美的追寻的失败。我忍不住觉得，川端康成最后自杀的种子，在《伊豆的舞女》中就已经埋下。从小说的温柔到自己人生的残酷，川端康成一生演绎的，不正是美本身所蕴含的悲剧？

生活与著作中的女性对位

一口气读完意大利作家安德雷阿·卡米雷利（Andrea Camilleri，1925—）的《女人》，冒上来的第一个念头是，我读到的是什么？短篇小说集？随笔集？似乎两者都属于，又似乎超越任何一种文体。从目录来看，全书三十九章，每章题目都是一个文学著作中的女人名字。似乎作者想写的是自己在书中读过的一个个女性形象，譬如读书界耳熟能详的贝雅特丽奇、卡门、海伦、贞德、克尔斯汀、奥菲莉娅等等。这些女人名字无不出自一代代文学大师的创造之笔，所以，这本书首先易给人误以为是作者在精心解读那些文学中的不朽女性。翻开书本发现，作者的确在告诉我们他的阅读经历——他读过那些书，那些书中的女性也的确在作者的阅读生涯里留下无可磨灭的印象。惊奇的是，作者在生活中居然遇见了和书中几乎一模一样的女性，这就令人感到不可思议了。

书的开篇为《安杰丽卡》。安杰丽卡是意

大利作家卢多维科·阿里奥斯托《疯狂的罗兰》中的女主人公。年少的安德雷阿被这部书吸引，乃至感觉自己爱上了书中虚构的安杰丽卡。作者上高中时，班上的女同学莉莉亚娜“主动牵起我的手，在我的脸颊上轻轻一吻，悄悄说‘我喜欢你’……也是在那时候，我发现，原来在每一个女人身体里，都或多或少地住着一点儿安杰丽卡的影子”。这种奇异的描写令我们忽然体会到，那些在文学作品中出现的女人形象绝非作者的向壁虚构。他们着力刻画的无不是生活中的形象。这些形象不受制于时空，而是活生生地在任何一代女性身上得到还原。

如果说这些少年时对异性的感受或多或少带有个人主观色彩的话，那么成年人的感受会成熟得多。当安德雷阿后来在罗马一餐厅又遇见另一位“安杰丽卡”时，他的感受不同于过去的初恋，更何况他此时遇见的是一位年逾花甲的女性。对方最初给他的印象是像自己的祖母，但这个女性的“笑容和目光有着难以言说的魔力”。安德雷阿忍不住走过去和她说话，得知对方竟然是俄罗斯的女革命家，列宁的朋友巴拉巴诺夫。政治没有影响安德雷阿的感受，他在意外中竟然再次感觉她就是自己内心念念不忘的“安杰丽卡”。当他们第二次、也是最后一次见面时，安德雷阿亲吻了对方的手，这一吻令作为读者的我们感到惊心动魄。对安德雷阿来说，那是尊敬的吻，也是崇拜的吻，更是童年时就开始渴望的爱恋的吻。

这篇《安杰丽卡》为全书定下了基调。因为全书所写，无不是作者从阅读到生活的个人经历。阅读的对象是一个个女性，在生活中他同样遇见一个个女性。那些生活中的女性奇异地与他曾经的阅读叠合，也微妙地唤起他内心相同的感受。作为读者，一方面我们可以看到安德雷阿的阅读面之宽；另一方面我们还能感到作者将阅读的古典性和生活的现代性重合在一处。他从古典著作中选出这些女性，然后将她们一个个放置在自己的现实经历之中。譬如作者写到“贝雅特丽奇”，这个在《神曲》中引领但丁到达天堂的女性，也是但丁情感生活中遇到的真实人物。当她离开但丁，就来到20世纪并与安德雷阿相遇。

安德雷阿和“贝雅特丽奇”的故事发生在第二次世界大战将要结束的倒数第二年。在安德雷阿的战友中，贝奇和菲利普宣布了他们相恋之事。奇妙的是，贝奇内心爱的似乎是安德雷阿。于是，被压抑的情感在安德雷阿和贝奇之间展开。事情的结局是他们尽管有过结合，还是得像但丁和贝雅特丽奇一样永远分开。战争中的爱情永远身不由己，也永远令人心痛。安德雷阿在这里叙述的，几乎就是活生生的古典著作的现实翻版。

也许可以说，我们每个人都能够在那些伟大著作中找到和自己经历相近的影子，但不是每个人都有能力将那些影子和著作中的虚构一一对位。从古典到现代，表面上的一切都在变化，人的情感始终没变。没有谁的爱和恨是独一无二的，更没有谁的爱和恨是超越以往的。这部《女人》的奇特之处，就在于作者以自己的阅读和经历，将著作中的伟大女性和生活中的平凡女性进行了对位处理。我们由此看到，不论著作中的女性多么伟大，也不论生活中的女性多么平凡，二者从来没有不可跨越的距离。安德雷阿总能将生活和曾经的阅读叠合，一方面令人觉得，他阅读过的女性形象在不知不觉地令他魂牵梦绕，另一方面又令人觉得，安德雷阿始终在渴望书中描写的伟大爱情也降临到自己身上。所以在安德雷阿那里，爱的本身属于伟大，我们从书中一个一个故事中能够体会，不是安德雷阿想表现自己的经历多么跌宕起伏，而是他始终对女性充满近乎崇拜的爱恋。关于女性崇拜的话，莫过于歌德说的那句“永恒的女性，引领我们上升”。事实上，无数伟大的文学艺术家都或多或少地有着这一情结。没有对女性的崇拜，威廉·巴特勒·叶芝写不出《当你老了》，赖内·马利亚·里尔克写不出《挖去我的眼睛……》，小仲马写不出《茶花女》，托马斯·哈代写不出《德伯家的苔丝》，甚至，托尔斯泰也写不出《安娜·卡列尼娜》，等等。作为两性之一，就连出类拔萃的女性代表西蒙娜·德·波伏娃也不得不承认女性群体是“第二性”，倒是那些“第一性”中的佼佼者，明确表示了对“第二性”的崇拜之情，这就说明女性在男人眼内和心中的位置不是非此即彼的单纯，也说明女人对男人和世界的改变，更不是可以随意忽视的。

安德雷阿用整部《女人》，极为深入地解剖了作为男人的自己是如何面对女性的，也同时解剖了一个个女性的心灵。人认识人很难，认识女人更难。从这部书中我们还能感受到，安德雷阿细致描写这些和女性有关的故事之时，也未尝不是一种对女性认识的深入过程，这一过程有爱、有恨、有性，还有复杂的个人情感起伏。他让作为读者的我们看到，女人的世界其实多么丰富，关于女人的话题，又岂是哪个作家的哪部著作所能涵括。

进入大自然的笔尖

一

初习诗时，我读过美国诗人沃尔特·惠特曼（Walt Whitman,1819—1892）的《草叶集》。和所有读者的感受一样，这部诗集的开阔性令我激动不已。仿佛惠特曼时时在顶天立地地行走，所描述事物都在他的俯视中轻而易举地被抓在手中，然后随意转换成诗行。所以，《草叶集》的恢弘令人有点在阅读时喘不过气来；作为作者，也自然会产生出面对巨人之感。

当他的散文集《典型的日子》在我面前出现之时，我以为读到的将同样是任意纵横的雄性文字。打开书却发现，书中每篇散文都不像他的诗歌那样大开大阖，而是短小精练得令人不可思议，似乎是又一个普希金似的“放下身段来写散文”的诗人横空出世了。不过几篇读下来就发现不对，即使就普希金来说，我也觉得他未必真的在“放下身段”。能以散文类作品为俄国开辟出延续至今的现实主义道路，绝非轻而易举之事。

惠特曼“放下身段”了吗？

散文集的开篇之作是《进入新的主题》。题目就告诉我们，他将写下的散文是他诗歌之外的“新”的作品。对一些在诗歌领域取得非凡成就的诗人来说，随手写几篇散文是顺理成章之事，去郑重其事地对待却又很难。

惠特曼在认真对待。如果不认真，他就不会说自己在“进入新的主题”了。

不过，惠特曼的主题又似乎没有什么新意，无非是对大自然进行一番描摹。如果说描摹大自然没新意，我们又会犯很低级的错误，大自然不是谁想写就能写，更不是谁想写好就能写好的。面对无数人写过的题材，如何将它变成“新的主题”，就看写作者怎样来写了。

二

怎样写是态度。在惠特曼那里，未见他有什么态度。他的每篇文字不过是“坐在木头或树桩上，或者歇在铁轨上……匆匆记下的”。这是难以想象的写作方式。屠格涅夫们当然也会在“木头或树桩上”坐下，他们坐下，更多的是为了休息或观察。要将观察转换成作品，怕还是得回到书房。惠特曼“匆匆记下”的态度不免令人惊异。在他之前和同时代的作家中，只怕很少有人将要写的东西“匆匆记下”，即使有，估计也只写一个构思，不会是完整的作品。惠特曼的这种写作会出现什么样的效果？他能够以“匆匆”的记录就超越前人和旁人吗？

敢说自己“新”，就说明他知道自己的作品和他人有不同之处。

不妨来读一篇他的散文：

> 6月10日。现在是下午五点半，在溪边，没有什么能胜过我周围宁静的光彩和清新。白天的时候下过一场大阵雨，伴有短暂的雷鸣和闪电；雨后，头上，那罕见得无法形容的天空（在本质上，不是细节或形式上）的清澈的蓝、翻卷的银色——毛边的云彩、纯净眩目的太阳。衬着天空，树上已经满是温柔的叶簇——液体的、尖利的、拖得长长的鸟的音符——烘托着一只好抱怨的北美猫鸟焦躁的咪咪声，还有两只翠鸟愉快的尖声啁啾。有半个小时我一直观察这两只翠鸟，它们和往常一样，依照惯例在溪流上空和溪中嬉戏；显然，那是一种最为活泼的欢闹。它们彼此追逐，盘旋着飞行，不时欢快地浸入水中，泼溅起如宝石般喷射的水花——然后猛地飞升而起，翅膀倾斜着，优美地飞行，有时飞得如此靠近我，我几乎可以看见它们暗灰色的羽毛和奶白的脖颈。

这篇名为《夏天的景象以及懒散》的文字看起来就是一篇日记。这部散文集的篇什也大多冠有写日记时才有的日期记录，但惠特曼的描写区别于日记。就运笔而言，看不到惠特曼有何刻意为之的痕迹，他只把自己看到的事物以质朴的语言进行描述，然后还原出一个现场。他与现场之间时刻保持一种观察的距离，这就和屠格涅夫们的风景描写有了本质不同。屠格涅夫们在描写风景时，生怕读者不知道他们是如何与风景融为一体的，生怕读者不知道自己在面对风景时有怎样的想法和感受——他们甚至将自己的想法和感受直接塞给读者，生怕读者无法产生和他们一模一样的想法。惠特曼不同，他越是和所写对象保持观察的距离，就越是让现场变得客观。客观使他放弃对万物的凌驾，以便让观察得到最真实的呈现。

在现代派文学那里，“呈现”是重要的手段和目的。19 世纪的福楼拜第一个在小说中运用“呈现”，也因此被后来的“新小说”奉为鼻祖，殊不知惠特曼在他的散文中同样驾轻就熟地运用了这一手法。这一整部散文集差不多都是如此。当他沿着小路散步，挥笔就写，“乌鸦在远处呱呱地叫着……一群农夫在田野里装玉米秸，耐心的马在等待”；当他在冰海航行，“流冰，有时聚成小丘，有时整个一大片地漂浮着，我们的船穿过流冰时嘎吱作响。就在日落之后，光线浸透傍晚独有的薄雾，有时将远处的事物渲染得非常鲜明”。这些俯拾皆是的呈现手法不能不让我在阅读时感到惊讶。

三

读完全书，我发现我对惠特曼有了一种全新的认识。在《草叶集》中笔力遒劲的诗人将他的细致、柔情、感伤、精确在散文中运用得纤毫毕现——不是说他一直在呈现吗？的确是，惠特曼在呈现大自然之时，不会不呈现自己的情感。对万物和对自己的两种感受差不多同时出现。他不是将二者糅为一体，而是表现得人是人、物是物。二者像在互相打量，人看到物的种种细节，物看到人的种种感受。它们不在语言中融合，只在感受中融合。所以，惠特曼在对人和物的细节观察上称得上倾尽全力，虽然屠格涅夫们也会写到细节，但那些细节无不是为整体服务。惠特曼也有整体，他的整体是在一个个细节中自然形成的，没有细节为整体服务的事先构思。他“匆匆记下的”，无不是瞬息万变的细节。似乎惠特曼只需要将笔尖往大自然深入，抓住在眼前出现的每一个细节，它们便自动形成自足的整体。就写作而言，这是力量的体现，而且，这一力量竟然是在作者六十多岁的晚年形成，就更令人感到惠特曼的非比寻常。他的力量不是来自技巧，而是来自对文学本身的强力把握。惠特曼在《老年的发现》中，揭示了这一把握的形成：

> 也许最好的总是逐渐积累的。一个人在吃的喝的上面需要新鲜的，要马上满足，立即了结——但是，对于人、诗歌、朋友、城市或艺术作品，如果我第二次见到时没有第一次那么感激，第三次时更是如此，我就一点儿也不会珍视。不仅如此，我不相信最大的合理性会在一开始就显现出来。以我自己的经验（人、诗歌、地方、性格），我发现最好的很少是最早的（不过，这个规律不是绝对的），有时它们突然地迸发出来，有时秘密地向我敞开，也许是在多年无心的熟视无睹、不为所动和习惯之后。

这些看似漫不经心的字句不仅为我们提供了进入惠特曼文学大厦的钥匙，更重要的是，它饱含一个伟大诗人毕生追寻而获得的文学经验。“最好的总是逐渐积累的……有时它们突然地迸发出来，有时秘密地向我敞开”。这些句子简直就是惠特曼留给后人的一份罕见的文学遗嘱。

我不知道惠特曼在世界散文史上占有什么样的地位。《草叶集》名声太盛，会不会掩盖他的散文成就？在汉语语境中，惠特曼理所当然是以诗人形象出现，很多人甚至没读过或不知道他的散文。只看这本《典型的日子》，我确信惠特曼是我们绝不应忽略的散文大师。记得在读过弗兰兹·卡夫卡的小说之后，威廉·福克纳和加西亚·马尔克斯都不约而同地惊异，原来小说可以这样来写。同样，读过惠特曼之后，我也在惊异，原来散文可以这样来写。而且，我还忽然体会到，惠特曼在用罕见的文本告诉我，什么才是真正意义上的现代散文。

关于《老人与海》与其他

一

欧内斯特·米勒·海明威（Ernest Miller Hemingway，1899—1961）的中篇小说《老人与海》于1952年发表后，各界交口称誉。翌年的普利策文学奖和之后的诺贝尔文学奖都被这部小说征服。按伊凡·亚历克塞维奇·蒲宁“优秀作品都是晚年写的”说法，海明威无疑属晚年取得巅峰成就的作家之一。评论家们众口一词，说它是海明威最好的小说，不仅认为它表现了人类精神的坚不可摧，还将它界定为寓意深远的古典悲剧式小说和英雄主义的交响曲等。很奇怪，这部小说给我的震动并非那么强烈，尽管圣地亚哥与鲨鱼的搏斗令人难忘，海明威也讲述得扣人心弦。就我读过的海明威中短篇来看，我愿意重读的篇什是《印第安人营地》《白象似的群山》《雨里的猫》《乞力马扎罗的雪》等。我总以为，这些作品比《老人与海》有更强的小说感染。它们更现代，也更具文学本身所提出的标准。

文学本身会提出什么标准？

海明威在这些小说中已经触及。《印第安人营地》令人震撼之处，是那个丈夫无法忍受妻子临产的煎熬而自杀；《白象似的群山》故事核心似乎令人无法看穿，小说中那对男女在对话中展现出读者无法预知的某个未来；《雨里的猫》像是什么都没写，读者却从平淡中感觉到生活中的某种存在；《乞力马扎罗的雪》囊括哈利一生的故事，小说不加渲染地将他的生活片段连成一个完整的整体。在这些故事中，海明威究竟要告诉我们什么？我们无法得到一个所有人都认同的答案。有一千个读者就有一千个哈姆莱特的感受在解读这些小说中再次出现。它们无一例外，都在非常客观的叙述中让读者触摸到生活与生命最本质的部分。作为读者，我们从作者客观性的叙述中体验到现代文学的魅力，感觉到人心与生活的多重侧面。实际上，从我国的唐诗宋词中，我们也能发现那些伟大的古典诗歌几乎都在客观表现中拥有着永不衰竭的生命力。艾兹拉·庞德一手创建并影响至今的意象派能成为现代派文学的源头，也就因为他从我国古典文学中发现和提炼出这一属于文学本身的表现奥秘。海明威在《印第安人营地》等小说中展现的，恰恰就是这些放弃主观色彩的客观叙述，从而让不同的读者体验到不同的生活维度。

二

《老人与海》则让每一个读者读到了相同的东西——预设的英雄主义。

我们可以说海明威紧扣了《老人与海》要表达的主题，但如果所有读者都只是被动接受作者提供的东西，很难说小说是否还有打开其他空间的可能。在这部小说里，海明威需要的似乎只是刻画一个人物，叙述一个事件，让读者通过事件看到人物，进而理解作者的中心构想。这点当然吻合小说的基本要求。进一步看，海明威的这种刻画又更多来自个人的某种需要。在创作《老人与海》之前，海明威发表的长篇小说《过河入林》被评论界刻薄地称为“江郎才尽之作”，急于证明自己的海明威紧接着创作了《老人与海》——该小说是不是蕴含作者想提供自己创造力未衰的证明，因而选择某个强硬人物为对象？圣地亚哥的性格差不多也等于海明威的性格。但这部小说难说具有现代小说所要求的客观呈现。表面上，圣地亚哥的搏斗称得上是呈现，只是对他的呈现是海明威主题先行后的呈现。海明威在小说中把控一切，以致我们能预测圣地亚哥与鲨鱼搏斗的过程，预测他的失败，即使我们没有预测到他最后的梦。梦见狮子的结局是不是有点来自海明威的个人需要？圣地亚哥九死一生之后，也许会做梦，也不一定会做梦。即使做梦，也未必就梦见一头狮子。梦见狮子是为了强化主题，这个主题没有逃出海明威的主观预设。他的目的就是塑造一位英雄。因为太多人都平凡和平庸，英雄主义就很难从人的梦想中退场。

《老人与海》的英雄主义让我不禁想起罗曼·罗兰的《约翰·克利斯朵夫》，该小说的主题也是作者从未打算遮掩的英雄主义。今天再读，我的感受真可以对应诺贝尔文学奖评委会主席谢尔·埃斯普马克的说法，“如今罗曼·罗兰雄辩的理想主义和英雄主义的激情被视为陈旧”。事实上，我们很难想象一个人到中年、富于生活与阅读经验的读者还会被约翰·克利斯朵夫唤起激情。约翰·克利斯朵夫的激情是青春的激情。青春需要激情，随着年华流逝和对生活的深入，我们又会觉得约翰·克利斯朵夫的激情缺乏某种深稳的根基，它充其量只属于一个短暂过程。如果文学野心是进入永恒的话，真正有雄心的作家就会选择和知道什么是永恒。对世界来说，除了客观，没什么可以称作永恒；对人来说，除了生活的不确定性，也难说还有什么称得上是永恒。据许钧先生介绍，《约翰·克利斯朵夫》在今天的法国已难觅读者，谈不上还有何影响，书店也很少看见这部著作，这也说明罗曼·罗兰想当然的英雄主义已经丧失它的价值。我忽然想起，罗曼·罗兰曾在给高尔基的信中讥讽亚瑟·叔本华为“昙花一现的人物”，这话岂不短视得令人可笑吗？

当然，海明威的英雄主义与罗曼·罗兰的英雄主义还是有所不同。年岁已高的圣地亚哥毕竟不是年轻的约翰·克利斯朵夫。圣地亚哥的形象也比克利斯朵夫的形象更集中，也更富有力度。在海明威的力度中，他的主题先行不可避免地将整篇小说构建在他规划的应该之上——圣地亚哥应该出海，他应该钓到一条大鱼，应该遭遇一群鲨鱼，他应该将大鱼的骨架拖回岸上，到最后，他也应该做一个关于狮子的梦，这就像约翰·克利斯朵夫最后应该取得成功一样。二者的不同之处是，海明威没去雄心勃勃地虚构圣地亚哥的一生，而是截取他的一个生活片段。如此一来，读者便会被圣地亚哥从出海到回来的全部过程吸引。海明威的全部笔力集中在这一冲突片段，这样既符合海明威的“冰山原则”，又容易让我们忽略作者流露的主观面貌。这也是海明威比罗曼·罗兰高明之处，他不会预设上百万字的小说写一个人的一生，那样真还会像罗曼·罗兰自己承认过的那样，最后觉得自己给自己穿上“一套束缚得太紧的盔甲”。主题先行带来的弊端，是让小说失去真实生活的逻辑，也失去小说本身的张力。

三

不可否认，《老人与海》要比《约翰·克利斯朵夫》有力。作为小说，它有它的出色之处，甚至和无数中篇小说相比，《老人与海》的分量依然不轻。我想强调的只是，在海明威的全部小说中，我更喜欢他的《印第安人营地》《白象似的群山》《雨里的猫》《乞力马扎罗的雪》等小说，原因是那些小说几乎看不到海明威的主观干预。在《印第安人营地》里，当我们跟随小男孩尼克的视线逡巡，无法知道临产女人的丈夫会自杀，即使海明威经过了精心构思，也难说他的构思没有出乎自己意料。小说中的丈夫之死，不是海明威所能控制的，是生活在控制。尼克最后和父亲的谈话也不是海明威能事先预设的。将尼克和父亲的对话与《老人与海》的梦见狮子相比，尼克和他父亲的形象明显来自生活深处。《白象似的群山》更是为我们展现了不确定的生活真相。人在生活中的不确定性才恰恰是生活本身的确定。生活唯一确定的，就是将不确定赋予人。我在阅读这篇小说时，时时感到一种更高的真实降临生活。海明威的超人之处，就在于他将这些客观存在的不确定呈现在读者面前。《雨里的猫》同样如此——大概除了海明威，没有谁能将生活的寻常之事用小说还原。说它寻常，是我们从小说中看不出任何“意义”上的东西。住在旅馆的乔治夫妇没有意义，雨没有意义，猫没有意义，最后将猫抱进房的侍女没有意义。一些无意义的事件构成海明威小说无意义的呈现本身，非大家手笔，又如何能为？至于《乞力马扎罗的雪》，它是我最珍爱的海明威小说。支配小说发展的，是哈利经历的一次又一次意外吗？在内在推动的，难道不是哈利作为一个人的命运在起至关重要的作用？哈利一次次挣脱命运，最终发现没有人能逃脱命运。哈利之所以展开回忆，之所以性情时而颓废时而暴戾，是因为他面对了“即将到来的死亡”。人在终极的面对中，会发现面对死亡比死亡本身更加可怕。海明威在这里揭开的，与其说是哈利的命运，不如说是人类必将面临的最后底牌。

在西方小说史上，没几个人动过这张底牌，更没几个人翻开过这张底牌。海明威以不可思议的力量将它翻开在我们面前，通过《乞力马扎罗的雪》，海明威到达了他身为一个小说家所能到达的罕见高度。写《老人与海》时，不论他表现出的技巧多么圆熟，情感控制得多么自如，在他再次的自我洗牌中，却漏掉了这至关重要的一张。

福克纳和死去的彼得

一

彼得不是威廉·福克纳（William Faulkner，1897—1962）小说中的人物。

彼得是一条狗。有意思的是，福克纳没说彼得是谁的狗，也没说自己为什么知道他叫彼得——我用“他”而不用“它”，因为一来福克纳在通篇文字中没有使用过一次“它”，我想追随大师；二来在大师眼里，彼得具有非常深刻的人性。用“他”，是很准确的做法。

这只狗非常通人性，所以，福克纳不仅以人的眼光来看待彼得，还将彼得看作某个有人类思维的生命。

彼得非常不幸，在堪称大师的福克纳笔下，他出场时间太少，不足十分钟，也许还不足五分钟或三分钟。彼得是突然跑到福克纳笔下，想看看这位大师将如何描述自己，可能他有点心急，也有点激动——看见福克纳，谁会不激动呢——仅仅跑出来几分钟就被汽车撞死了。福克纳想挽救他，没来得及伸手。彼得刚刚跑到福克纳面前，又一辆汽车从福克纳笔下急速开出。汽车撞死了彼得，又飞快冲出福克纳的视野，永远地离开福克纳。对汽车来说，有这么一下够了，能冲过福克纳的纸张，就意味有了进入不朽的机会。所以，汽车开得有点奋不顾身。福克纳有没有看清汽车牌照？有可能没有看清，也有可能看清了，福克纳毕竟有双大师的眼睛，没什么能逃过他的观察。不知出于什么考虑，福克纳没有将汽车牌照号码告诉我们。

彼得呢？彼得死了。

他刚跑近福克纳身边时就发现了，想进入福克纳笔下的汽车不是一辆，而是四辆。这点很关键，如果当时只有一辆汽车看见福克纳，惨事可能还不会发生，真实情况是四辆汽车同时看见了福克纳。四辆汽车都想进入福克纳的眼睛，都想让福克纳只记录下自己。四辆车争先恐后，全部加大油门，结果第一辆车就撞死了彼得。

彼得当然不想死，好像也没有谁认为自己会死，谁都以为自己能天长日久地活下去。所以，谁都想活着得到罕见的荣誉。譬如现在，他们都想获得被大师描写的机会。彼得也想进入福克纳笔下。他很想自己活得更好，有什么能比获得大师的荫庇更好呢？所以他和汽车一样，飞快地跑向福克纳。

这时候，福克纳成为焦点。

是一辆汽车的焦点，也是彼得的焦点。

福克纳能想到吗？他具有如此大的吸引力，乃至二者都想被他动笔记录。

但在福克纳眼里，一切完全不是这么回事。

二

福克纳没想过自己是大师，没想过自己能成为万众瞩目的中心，哪怕这时候，距离他获得诺贝尔文学奖已经快过去二十年了，他也不觉得自己是一个大师。诺贝尔文学奖？是的，他获得了，这证明了什么呢？自己进入不朽了吗？太难说了。在他之前，获奖的作家就已经有四十多个，他们每一个都不朽了吗？很多人的名字他甚至都没记住，他们中很多人的书他也没有读过。诺贝尔文学奖？是的，那只是一个奖，给自己带来了三万零一百七十一美元。这是他没想过的一笔财产。既然没有想过，那很可能就不是属于他的，他只是在一个叫斯德哥尔摩的地方领取了。所有人都知道，这笔钱他没有交给妻子，而是用来奖励比自己更年轻的作家了。当作家非常不容易，有些作家过得很差，有些过得很好。过得差的是人生本就如此，过得好的多半是他们家里本就有钱。想靠获得某笔奖金来解决生活，真是太天方夜谭了。所以福克纳没把奖金留给自己，他一直觉得自己不配得到这笔奖金。他写得真的很好吗？很多人说他写出了一个自己的世界，谁又不是一个自己的世界？在这个世界里，谁都可以将自己的想法写下来，谁都可以编造一个甚至上百个故事。他不知道自己的读者会怎样想，甚至，他很奇怪为什么那么多人喜欢买自己的书。他的书连自己的妻子也不愿看。

他记得《八月之光》的手稿，妻子当初就从车窗里将它们往外扔。连妻子都不喜欢，他的东西真的有评论家们所说的那种意义和价值吗？

有人说他的《我弥留之际》是一部历险记。福克纳也许真还觉得惊讶——什么是历险呢？他或许记得，在他获奖的整整四十年前，有个叫赛尔玛·拉格洛芙的瑞典女作家就写过一部叫《尼尔斯骑鹅历险记》的小说。那部书写得有趣极了，想想看，一个男孩突然变小了，于是骑到一只鹅的脖子上，开始从高空俯瞰世界。真的，一个作家写作，难道不应该写得有趣吗？有趣才会有读者，自己写着也会觉得高兴。福克纳觉得，自己写的那些书都没什么趣，也没有哪本书让他在写作时觉得高兴。唯一让他觉得有趣的，是他笔下的故事都发生在一个叫约克纳帕塔法县的地方。在地图上找不到这个地方，让谁也找不到算是有趣的事了。至于历险记，福克纳有时候非常怀疑，和赛尔玛·拉格洛芙相比，他的故事并不惊险。是的，他想了很多问题，爱与恨的问题、生与死的问题、正常与失常的问题。想问题不等于解决问题。福克纳连酗酒的问题也解决不了。他当然记得，参加完斯德哥尔摩的颁奖晚会后，他喝得非常多，乃至把奖章扔进一个木桶里。旁人非常着急，福克纳着急了吗？我觉得没有，福克纳当时根本就不想来。他曾经在瑞典记者打来的电话里回答："地方太远了。我是这儿的一个农民，我走不开。"当然，福克纳最终还是去了，很多理由让他不得不去。这些能证明什么呢？如果可能，福克纳或许愿意将奖章送给《我弥留之际》中的本德伦太太。她快死了，受了一辈子煎熬，如果在临死前能拿到一枚奖章该有多好。事实上不可能，本德伦太太在福克纳还未获奖时就死了。

三

福克纳见识的死亡太多，约克纳帕塔法县的很多人都死了。死亡会让人觉得，一切都果然像莎士比亚说过的那样，“人生不过是一个行走的影子，一个在舞台上指手画脚的拙劣的伶人，登场片刻，就在无声无息中悄然退下；它是一个白痴所讲的故事，充满着喧哗与骚动，却找不到一点意义”。是这个原因吗？福克纳在《喧哗与骚动》中，真就刻画了一个叫班吉的白痴。或许，班吉才是福克纳最喜欢的人物，班吉在看似没有逻辑的胡言乱语里，倒真正看透了很多东西。福克纳喜欢他，是非常正常的。

就像那四辆汽车喜欢他，彼得喜欢他，是非常正常的，哪怕福克纳自己不这么看。他毕竟是世界级名人，读者遍布全球，所以，汽车和彼得也想让整个地球的读者认识他们，至少让读者们看看，他们对福克纳充满怎样的敬意。

他们唯独没想到悲剧。

汽车撞死了彼得。福克纳惊醒过来。他站在坡道上，或许正在构思另外一部小说，彼得的惨叫惊醒了他。于是他看得十分清楚，彼得被撞进他旁边的一条沟里，血肉模糊，痛苦地号叫。彼得没叫上多久，福克纳眼睁睁看着他死去了。

福克纳很悲伤，他刚才除了构思新作，什么也没想，什么也没注意。彼得就在他身边死去，这不是本德伦太太的死。福克纳写下了本德伦太太死前的种种状况，写下了本德伦太太的丈夫、四个儿子和一个女儿。他们是本德伦太太死亡的目击者，并不是福克纳。现在，福克纳亲眼看见彼得的死。我觉得，彼得的死更让福克纳震惊。这是真实的死和孤独的死，一点不容他虚构。

福克纳还是虚构了。

小说家的本能使他先给予死者“彼得”这个名字，虚构了那辆汽车没有车闸、没有喇叭，虚构了开车的司机有急事——他晚餐迟到了，还有几英里的路要赶。福克纳甚至还虚构了彼得死前的心理活动——在他一岁零三个月的一生中，他曾经得到过人类的慈爱，正因为懂得人是慈爱的，所以他原谅了汽车和开车的人；又因为他要报答他曾经得到过的慈爱，所以他不愿意耽误属于那个人的晚餐。

这些会是真的吗？福克纳的虚构让他写下这篇令人想要落泪的散文。我无端觉得，它比福克纳的小说更有力量，因为他的虚构，从来掩饰不住对生命最深的哀怜。

日记中的晚年智慧

一

在欧美，梅·萨藤（May Sarton，1912—1995）是一位声名卓著的作家，诗集和小说都出版了不少，国内关于她的译著却只有寥寥三四本日记著作。在国人眼里，日记似乎称不上文学作品。但稍稍留心，我们会发现无数文学大家都有令人难忘的日记体作品问世，譬如《卡夫卡日记》《克尔凯郭尔日记》，另外还有罗曼·罗兰日记、安德烈·纪德日记、瓦尔特·本雅明日记、海因里希·伯尔日记等。读那些日记，我们不觉得那些作家是要记什么流水账，而是充分利用私密性文体，留下自己对世界与生活的种种看法和想法。这就和我们平素以为简单的日记有了极明显的区别。

收到马永波兄寄赠的译著《过去的痛》时，我从书名中的“过去”二字，望文生义地以为这部日记是作者对逝水年华的追忆。人陷入追忆，一是感觉过去美好和丰富，二是此刻的自己已到了一定年龄。从该书副标题“梅·萨藤独居日记”来看，能肯定作者是在十分孤独的状态下来撰写这些文字的。

二

独居的人容易回忆过去。一篇篇读下来，我发现梅·萨藤的日记又明显不是回忆，每一篇文字都是她当时的此时此刻的记录。深入后我才明白，这位独居女作家并非不想回忆，而是她今天的所有行为，都有难以忘怀的过去缠绕。于是，独居的梅·萨藤索性集中笔力，对孤独这一人类无法摆脱的情感进行极为深入的研究。她研究孤独，表面上是刚刚失去恋情，与她相伴三十五年的同性情侣因患老年痴呆症认不出她。于是梅·萨藤埋头日记，将个人伤痛视为源头。从源头出发，涓涓细流最终流淌成波翻浪涌的汪洋思绪。

有几个核心词从她的表述中涌出。一是孤独，二是自然，三是沉思。这些主题不只是晚年才会具备的。对读者来说，真正的问题是，阅读一个作家的早年作品和晚年作品有什么区别？在无数作家那里，早年和成熟期作品能给我们锐气十足的冲击，晚年作品则很难再给人疾风扑面的感受。按威廉·巴特勒·叶芝的说法，晚年应具有“随时间而来的智慧”。梅·萨藤的确为我们展现了她的晚年智慧。和叶芝以为的“智慧”不同，梅·萨藤的智慧底色并非只有平静，包裹在她叙述中的，依然是对生活充满渴望的心灵。她的生活孤独，孤独却不是从她撰写这部日记的六十六岁开始的，她“独自生活，最近二十年来一直如此”。梅·萨藤选择孤独，不仅仅是为了“寻找自我”，而是“发现自己的个性”，她发现的途径是“通过工作与爱，两者都意味着给予而不是索取。都需要克制、自律以及一种无私，并且都是毕生的考验”。这段话令人惊讶梅·萨藤对孤独的体认。又如何来忍受孤独呢？梅·萨藤告诉我们，孤独的“治疗师”是阅读，一首短短的诗歌就能够让她来到“启示的瞬间”，另外她的大量时间消耗在不厌其烦地给读者回信之上，此外还每天牵着自己的宠物散步。三者构成她晚年的重心。对生活来说，这些够吗？我们认真打量会发现，写信排遣了她的孤独，也深化了她的思索；散步则带给她需要的安静。对一个作家来说，安静必不可少，更何况，安静中的梅·萨藤从来不肯离开她终生热爱的大自然。这点不仅体现在她随手摘录的诗歌上（每首都和大自然有关），还体现在她出门后遇到海洋、森林时，总会停下车来观察。梅·萨藤爱了一辈子大自然，到晚年似乎更加热爱。只要读到她驻足大自然的文字，我就会情不自禁想起那句“艺术的奥秘就隐藏在大自然之中”。这也是艺术从来不变的法则。热爱大自然的人不计其数，当一个作家如梅·萨藤那样对大自然产生热爱，笔下出现的便是一种回归本源的真知表现。

向本源回归，带给她的便是永不停歇地沉思。普通人都会沉思，何况写作者。梅·萨藤的沉思总能唤起读者和她一起沉思。她沉思的不仅包括写作本身——“昨天我回头去写那个中篇，向黑暗中纵身一跃”，还有沉思带来的人生感悟——譬如在“对我而言这是艰难而痛苦的一年的最后一天”中，她对沉思的沉思是“温柔是心灵的优雅，正如风格是思想的优雅，昨夜我不能入睡时得出了这个结论。两者都与质量有关，感情的质量，理性的质量”。不能不说，这是只有一个人在完全的孤独中才能找到的答案。不论正确与否，梅·萨藤找到的是她自己的答案。这和她要求的质量有关。我们每个人都在寻找自己生活的质量，不是每个人都能真正地找到它和写下它。晚年的梅·萨藤在始终不渝地寻找质量中的自我。这自我能够坦率地告诉读者，一个六十六岁的女人依然在“渴望温柔，那就是我的问题，几个月来始终是我的问题”。原本以为，人到晚年，不会再有青年期的感受。从梅·萨藤的日记中，我又清清楚楚地看到，内心始终充满生命活力的人，永远不会从自己的灵魂想往中退场。梅·萨藤就坚决地告诉我们：“我无法想象一种没有创造的生活。我会变成什么样子呢？”

三

在整部日记中，这是最让我感到震惊的句子之一。句子谈不上惊世骇俗，当它出自一个人的晚年，意义就迥然不同。它告诉我们，如果我们自认为人是具有创造性的生命，那生命就没有理由停止创造。人生的质量不就源于创造？事实上，我们能够看到无数文学大师在晚年的创造，譬如威廉·巴特勒·叶芝的晚年作品、德里克·沃尔科特的晚年作品、谢默斯·希尼的晚年作品，甚至费奥多尔·米哈伊洛维奇·陀思妥耶夫斯基和列夫·托尔斯泰的晚年作品等等。那些大师们无不将自己的创造延续到了晚年，无不将这一创造赋予了质量，但没有谁像梅·萨藤这样明明白白地说出晚年还要创造的根本原因。我突然感到，“无法想象一种没有创造的生活”，不仅是梅·萨藤的个人之声，还是她代表所有创造者说出他们永不停止创造的根本理由。正是这一理由，让梅·萨藤无时无刻不正视自己。如果说，她写作这部日记的初衷是要正视自己的情感创伤，那么梅·萨藤的正视就从肉体进入灵魂，抵达了生命的核心。核心不是谁都能抵达的，它需要内在的强大，梅·萨藤在日记中恰恰这么确信，“也许一个人必须强大才能承认自己的需要，才能成为一个完整的人”。

生活中又有谁不想成为“完整的人”？但想成为是一回事，能不能成为又是另一回事。从古至今，能够最后实现完整的人从来不多，因为“我们是如此复杂的机器，却又残酷地对待这部机器”。梅·萨藤在实现对生命的理解之余，也在告诉我们真相。真相往往残酷。梅·萨藤以年事已高的女性之躯，从不回避这一残酷。她在字里行间流露的是，生活十分残酷，更多的却是需要我们去发现的生活之美——“秋天正在降临，蟋蟀唱着它们的秋歌。昨天带塔玛斯散步时我在路上看见了红叶。现在林中撒满了蘑菇，就像巴洛克风格，有点险恶的花。我看见一只山鹬，今年是第一次。它总是显得难以置信的怪异，它的长长的喙，扁平的小眼睛，还没有尾巴，让我愉快地发笑。荒谬、悦人的生命。”

这段文字读起来像出自某位青年作家的手笔，它又只可能来自梅·萨藤那样返璞归真的心灵。它让我们体会到，一个孤独的人并不孤独，因为大自然就在身边。梅·萨藤正是在对大自然生命的“聚精会神”中，将孤独提高到极为丰富的境界。人到此处，不会觉得孤独难耐，反而能体会孤独带给我们的诸多体悟。人活在世界之中，最需要接近和认识的不就是世界本身吗？梅·萨藤差不多每天都和世界产生奇妙的对话，乃至她相信，“在所有真正的艺术中，作家确实拥有可以辨识的声音。我相信我做到了”。她的确做到了，所以一只山鹬也会让她“愉快地发笑”。不能不说，这正是梅·萨藤晚年的智慧体现。

我们并不陌生，很多有智慧的人不觉得自己到达了智慧的境界，所以梅·萨藤总会惊异“我为肉体的恢复力而震惊而欣喜，仿佛我做到的一切是一个奇迹”。在她笔下，确乎一切都是奇迹，一场雨、一封信、一朵花、一只鸟，甚至一次简单的家务，都在她眼中出现神奇的光彩。我忍不住想，究竟多少人有梅·萨藤那样的晚年呢？既不苟延残喘，也不无所事事，而是“为重新夺回生活和所有等在前面的事物而欣喜”。不论生活究竟怎样起落，总是蕴含欣喜，这也像书中出现的梅·萨藤的老年照片，每一张都露出历沧桑而归于平淡的笑，我恍然觉得，那也是最迷人的笑。

存在的河，不存在的岸

一

提起巴西作家若昂·吉马朗埃斯·罗萨(Joao Guimaraes Rosa，1908—1967)，耳熟这名字的恐怕不多，若提起《第三河岸》，动笔写小说的估计就无人不知了。作品名大于作者名，这样的作家最为令人敬重。作家的使命就是写出作品，如果仅只自己的名字被人知道，多半只混个脸熟而已。我们能记住几个脸熟的作家所写的作品呢？也许对罗萨而言，能够让人记住自己的作品，就不会觉得自己的名字多么重要。他用作品扛负了身为作家的真正使命。

我们为什么会记住《第三河岸》？

小说有几个让人惊异之处，一是从头至尾，出场人物都没有名字，主角就是父亲，围绕父亲的有“我”，有母亲，有舅舅，有姐姐，有哥哥，另外还有统而称之的一些居民。

对小说来说，已经够了。弗兰兹·卡夫卡不也是让自己的主人公逐步从有名有姓的格利高里·萨姆沙缩减为一个字母K的吗？对这些现代派小说家来说，名字并不重要，重要的是人物本身能给读者什么样的感受。二是出场的父亲没有在小说中说过一句话。不说话，就意味他只有行为。小说始终被行为充满，哪怕行为很单纯。单纯不等于单调，父亲的漂泊让我们感受到无数复杂的东西。三是小说场景几乎就是那条没名字的河。对小说来说，已经足够，尤其一个短篇，谁能让一个短篇具有一条河的长度呢？罗曼·罗兰的《约翰·克利斯朵夫》的背景是横贯欧洲的莱茵河。在他笔下，莱茵河代表了欧洲的历史涌动和生命涌动，所以他有理由用逾百万字的篇幅来完成。《第三河岸》没有这些人文涌动，所以河也就不需要名字。我们不知道它究竟是哪条河，它可以是亚马逊河，可以是密西西比河，可以是科罗拉多河，等等，也可以什么都不是，它就是一条简单的河。

有河，必然有岸。就常识而言，一条河从来只有此岸与彼岸。《第三河岸》的篇名似乎在告诉我们，作者看到了另外一条凌驾于此岸与彼岸的岸。有这样的岸吗？除了罗萨，只怕没人见过。现在，他用一篇小说，试图告诉我们第三条神秘莫测的岸在哪里。

二

小说的故事极为简单，父亲突然离家出走，又并没有走多远，出走后就住在家门外的河上。他的生活从此只剩下“漫无目的地在河上漂泊”。居民们议论纷纷，有的人认为父亲疯了，有的人认为父亲有可能患了麻风病。“他离开了家人但又不愿远走高飞的事实”令所有人惊诧，也令家人无法理解。

一个离家出走的故事，很容易令人想起美国19世纪作家纳撒尼尔·霍桑的短篇小说《韦克菲尔德》。霍桑小说中的韦克菲尔德同样离开妻子，不声不响地在家旁边租房另住。他没有告诉妻子自己住得并不远。韦克菲尔德的妻子经历了等待、绝望，经历了以为丈夫已死的痛苦，韦克菲尔德终于在二十年后回来了。对韦克菲尔德来说，似乎是想结束他对妻子所施的恶作剧。霍桑在小说结尾说了一段近乎哲理的话：“在我们这个表面看来十分混乱的神秘世界之中，每个人都被精确地安排在一个体系里，而这些体系相互之间以及它们和整体之间也都安排得十分妥帖，以致一个人只要从他的本位离开一步，哪怕只一会儿，他就有永远失去自己位置的危险。像韦克菲尔德那样，他可能成为，事实上也已经成为世界的弃儿。”

把这段话放在《第三河岸》，问题就显得不那么简单。《第三河岸》中的父亲离家之后再也没有回来。他不像韦克菲尔德，后者明明住在妻子身旁，却二十年不让妻子知道。罗萨笔下的父亲同样住在家人附近，不同的是，他像是“为了看见我们或者被我们看见”，并且终生没有回来。用父亲的残忍行为来对应霍桑的哲理之言，我们会产生疑虑，霍桑所说的“失去自己位置的危险”是对的吗？霍桑在小说里是不是掩盖了另外一个问题？那就是“自己的位置”究竟在哪里？从霍桑的结论来看，答案是在家人身边，似乎只有在那里，人才不会“成为世界的弃儿”。再看罗萨刻画的父亲，在他眼里，“自己的位置”根本就不是和家人住在一起，看起来他在河上漂泊终生，始终没有谁说他“成为世界的弃儿”了。不论父亲的漂泊是否有沦落为弃儿的表征，他决不会认为自己真的成了弃儿。至少在“我”眼里，“父亲这么做，也许是为了达到某种神秘的目的”。我们也会觉得，父亲离家出走，目的有可能就是寻找“自己的位置”。父亲的位置是在一条河上吗？罗萨同样没说。恰恰是这些，让我们体验到最大的震动。

被震动，是因为事件，事件的发生又会带出一些问题。我们在阅读时或许会忍不住要问，父亲为什么要离家出走？出走后又为什么不远走高飞？实际上，这样的问题霍桑已经问过了。如果霍桑真的觉得韦克菲尔德出走二十年只是一场“恶作剧”的话，也就没必要来写那篇小说了。罗萨写《第三河岸》，似乎是将霍桑在 19 世纪提出的问题在 20 世纪继续提出。能够被提出，就表明它不是轻易能得到答案的问题。

三

不论小说的氛围多么神秘，罗萨的行文始终在肯定的语气内进行，似乎父亲的故事就是某种真实。他给读者的真实是“日复一日、月复一月、年复一年，不管刮风下雨、烈日严寒，他总是头戴草帽，衣衫单薄，一动不动地坐在船尾”。再对比一下霍桑的小说，韦克菲尔德从未坐在船尾，他一直待在某个房间。房间是封闭的，河流是敞开的。或许，在罗萨眼里，在房间里得不到答案的问题，他想知道在户外是不是能找到。

一直到小说结尾，罗萨也没有给我们答案。他只是描述事情的进展。“父亲早已像个野人：头发蓬乱，衣衫褴褛……从不修剪指甲，花白的头发遮盖着的也一定是张满布皱纹、被风雨太阳染黑的脸。”时间流逝，曾经年少的“我”也开始“感到了衰老的痛苦：生活竟是那么短暂、无望”。于是“我”开始重新思索父亲的行为，还是找不到缘由，在他“一日不得安宁”的生活中，开始觉得“一定是自己罪孽深重”，它导致小说惊心动魄的高潮出现在“我”最后一次见到父亲之时。面对父亲“愈来愈模糊不清”的身影，“我”对父亲喊出的话是“让我来继承您的事业……只要您愿意，我马上就来接替您……”

这句呼喊像在表明，已经长大的“我”终于明白父亲的行为是一项“事业”。一个人为之抛弃一切的事业会是什么？我们能恍惚体会，父亲在这里，已经不再是某个人的父亲，而成为人类的父亲形象。父亲是指导下一代的人。罗萨弃用姓名而只用父亲一词，似乎表明其目的就是要刻画人类的父亲，因而父亲在小说中就具有了某种意味和象征。罗萨描写得很清楚，父亲最后出现的形象是“站立起来，张开双臂”。这一动作令人惊心，仿佛父亲在这一刻对人类张开了怀抱，就像在十字架上张开双臂的耶稣。我们是不是可以说，表面上抛妻弃子的父亲之所以视漂泊为“事业”，就在于他用自己的全部行为承担了人类的某种命运？

四

谁也说不清人类的命运是什么。漂泊却是不可避免的命运之一。就连地球也不过是在宇宙中漂泊的一颗孤独行星，何况在地球上生存的人类？人类发展至今，是如何起源的都无人给出最终答案，结局也就更难预测。因而在起点与结局间的全部神秘，只可能让人类不断地寻找。寻找的另一个意思，难道不就是漂泊？霍桑的“本位论”在罗萨这里失去了任何可能的意义。那么，罗萨要提供新的理论吗？他没有在小说中提出，只是在结尾，他同样说出令人震惊的话，“我的前途一片空虚，我的命运就是在孤独、绝望中等待死神。我盼望死神早些来临，我要尽快离开这片沙漠，把自己装入一艘小船，任河水把我带到天涯海角。这河水……这河水清新、永恒……”

这是人类的结局吗？罗萨不想从中提炼什么哲理，他非常清楚的是，人类想要认识自己，想要得到生命的答案，就必然要承受空虚与孤独，甚至在承受中感到某种绝望。想要摆脱绝望，也就必然会进入人类共同的命运深处。“我”终于理解父亲的所作所为，也才渴望进入父亲承担的命运。天涯海角也不会有人类的答案，但不进入寻找，就堵死了通往答案的道路。没有漂泊过的人，体会不到人最终该承担什么。罗萨用一个短篇指出这一承担，也就表明罗萨的写作，已自觉进入人类生存的主题。他让我们明白，生命流淌的河流，不会只有我们肉眼所见的两岸，还有存在于我们内心感受中的第三条岸。在那里，或许才会有我们渴求找到的答案。于是，一条存在的河与一条不存在的岸交织成罗萨笔下的人类命运，让我们看到人类自身的无根属性。

面对这一属性，人类就注定要承担不得不承担起的漂泊。

博尔赫斯的沙漏和书籍

一

在魔幻现实主义横扫拉美和欧洲文坛之时，豪尔赫·路易斯·博尔赫斯（Jorge Luis Borges，1899—1986）始终是一个奇特的异类，既不关心身边发生的文学运动，也不注意20世纪有什么风云变幻。我们总习惯将一个作家的作品与他的生平联系起来，在博尔赫斯这里，联系中断了。读者很难在他的传记中看到跌宕起伏的人生经历，他最热衷之事就是阅读。哪个作家又会不和阅读发生关系呢？只是在博尔赫斯这里，阅读成为毕生的任务和行为，乃至我们面对他的作品时不得不承认，如果没有阅读，就不会有博尔赫斯充满神秘感的小说和诗歌。

古罗马教育家M.F.昆体良曾劝诫读者，多读古人作品，少读当世作品，理由是阅读的对象越古，选错的可能性就越少。这里蕴含的也就是时间的选择。像是领会了昆体良之言，博尔赫斯极少将目光投射在同时代作家身上，始终注视难以捉摸的过去。在博尔赫斯眼中，过去又绝非单纯的历史观察那么简单。在对过去的注视中，博尔赫斯感受到时间的种种性质——它的永逝、它的可逆、它的循环、它和今天的重叠等。这点在他晚年短篇小说集《沙之书》中体现得尤其明显。

二

创作这部小说集时，博尔赫斯已双目失明，他不得不坐在黑暗和过去交织的迷宫中冥思。或许正是如此，他对远古计时的沙漏体会更深，“河水不分昼夜地流逝，从中悟出了事物的变化不定”以及“时间和命运有相似的地方”。与时间不断纠缠的博尔赫斯终于将时间等同于命运，尽管会有人产生博尔赫斯似的时间体会，但没有人将那些体会转变成一篇又一篇小说与诗歌，因而沙漏性质的时间就成为博尔赫斯极为独特的母题。

小说集开篇《另一个人》描写的是人在晚年与年轻时的自己相遇。该主题已经不是第一次在博尔赫斯笔下出现。创作这篇小说之前，他已经写过至少两篇性质相同的散文，一篇是《博尔赫斯和我》，另一篇是《作家豪尔赫·路易斯·博尔赫斯谈博尔赫斯》。三篇作品的共同之处是打破时间的物理性，似乎他随手就推开时间之门，走进去和另一个自己进行交谈。人会有另一个自己吗？当然有。人具有分裂性，每个人的自我也不止一个。在其他作家那里，不外乎两个自己在彼此争夺，就像伊塔洛·卡尔维诺笔下《一个分成两半的子爵》那样，人性的善与恶导致人格的分裂。这就使两个自己都充满寓言性。博尔赫斯不关注人格分裂，他关注的是此刻的自己和遥远过去的自己，也就是被时间错开的无数个自己，所以他的哪一个自我都不具寓言性质，那只是此刻与过去的两种真实在时间中相遇。用整部《沙之书》，博尔赫斯将所有的时间一次次重叠，从中闪现出过去与今天交叉的影子。它们的浮现，等同于博尔赫斯对时间的冥思转换成一次次真实的再现。从整部小说集的线索来看，他在与过去的自己相遇之后，又立刻将自己转化成时间更深处的人物幻象。这一感受决定了那些小说中的人物无不披挂时间的碎片和幻觉般的体验。

无法统计博尔赫斯的阅读究竟远到什么样的过去。在他笔下，总是不断出现公元前的世纪，公元后的3世纪、4世纪、12世纪、13世纪、14世纪、18世纪，等等。他的笔锋很少来到19世纪和20世纪，他热爱的书籍也来自那些遥远到几乎消失和被遗忘的世纪。我们随时能在他的作品中遇见柏拉图、赫拉克利特，遇见长城、金字塔、废墟，遇见《熙德之歌》《尼伯龙根之歌》，遇见《一千零一夜》《马丁·菲耶罗》，遇见《莎士比亚戏剧集》，遇见遥远时代的种种史诗，遇见形形色色的《圣经》人物和来自神话与传说中的人物，遇见各个世纪各个版本的《百科全书》，等等。似乎只有在那里，博尔赫斯的时间体会才变得清晰。他只需某个词、某句话、某个段落，就能穿越到无穷无尽的过去，因而他的叙述无不从消失和遗忘开始，哪怕

“事情是前不久发生的”，给我们的感受也已经是过去和消失很久的往事。他用注满冥思的笔尖钩出种种记忆。所有这些故事，也像他自己说过的那样，“诗歌中常常出现爱情的主题，散文却不然”。诚然，即使小说集第二篇《乌尔里卡》涉及爱情，该小说也被他看成自认能留存的为数不多的几篇之一，我们仍从他描写现时的文字中不断遇见亚瑟·叔本华、遇见德·昆西。小说最后是“我”占有乌尔里卡的身体，但“我”最强的感受不是乌尔里卡的身体带给我的肉体享受，而是“时间像沙漏里的沙粒那样流逝。地老天荒的爱情在幽暗中荡漾”。乌尔里卡的身体仿佛在最后成为时间的化身，这是博尔赫斯毕生攥得最紧的部分，一切将不可挽回地流逝。流逝的必将成为过去，也必将被遗忘。

三

在博尔赫斯那里，抵抗遗忘的东西唯有书籍。围绕它的，是冥思与梦境，是沉思与世界，是塑造世界的空间与时间。谁都不陌生博尔赫斯的著名譬喻，“我，总是在想象着天堂／是一座图书馆的类型”。这个天堂和图书馆拥有的，是博尔赫斯反复确认的地图、世纪、朝代、符号、宇宙和可能的宇宙起源。小说集第三篇《代表大会》直接指向了这一主题，富可敌国的堂·亚历山大为筹划一次世界代表大会，搜集了不计其数的各种书籍，包括三千四百册各种版本的《堂·吉诃德》，17 世纪西班牙长老教会的书信，大学论文、账册、简报等，只要能代表历史见证的几乎全部收齐。堂·亚历山大却在最后用一把大火将它们烧个精光，其理由是："世界代表大会从有世界以来的第一刻就开始，等我们化为尘土之后它还会继续。它是无处不在的。代表大会就是我们刚才烧掉的书籍。代表大会就是击败恺撒军团的喀里多尼亚人……"这段出自博尔赫斯手笔的话无论具有怎样的雄辩和形而上的丰富，我们还是不可想象博尔赫斯自己会去焚烧书籍。描写这一震惊场景，博尔赫斯是不是在表达书籍终将变成全部的历史和时间？书籍可以被烧毁，历史和时间却不可能被烧毁。它隐含博尔赫斯独到的时间观——时间不是线性的，它会循环甚至逆转，所以书籍最终仍会得到存留。博尔赫斯似乎从书籍中觉察到宇宙的奥秘。天堂是图书馆，宇宙也就是翻开的无穷尽的书籍。

所以，不论堂·亚历山大烧掉了多少图书，始终无法烧尽，和小说集同名的压卷之作《沙之书》就表达了博尔赫斯这一理念。在博尔赫斯的全部小说中，《沙之书》是令人过目难忘的一篇。一个陌生人给"我"推销一本圣书。推销者也不知道该书出自哪个世纪，"这本书的页码是无穷尽的，没有首页，也没有末页"，无论翻开到什么地方，都是永远不会再现的页码。似乎在无限的空间里，一部属于时间的无限之书在博尔赫斯笔下出现了。买下书的"我"被它彻底俘虏，"我"当夜的翻阅就让这本书的页码"大到九次幂"。就在我越来越感到恐惧而"想把它付之一炬"时，我意识到"一本无限的书烧起来也无休无止"。博尔赫斯对时间的神秘体验在这里登峰造极，乃至进入他的故事后，我们不可能不感受到时间和空间的神秘存在。博尔赫斯就用这一坚定的神秘手法为我们创造一座充满诱惑力的迷宫。

四

在他的迷宫之中，一切都可以发生。在他笔下，一切都是“事实上”发生的。就像“沙之书”可以无穷无尽，《圆盘》中的“圆盘”竟然只有一面。这些在现实中无迹可寻也无人相信的事物一到博尔赫斯那里，不可能存在的就变成了“果然存在”的。我有时不觉得博尔赫斯是在创作某部幻想小说，而是将叙说完全置于空间与时间交叉的另一个维度。对博尔赫斯来说，那是一个不知不觉、逐渐失明的维度，也是一个他和时间展开对话的维度。博尔赫斯坐在这一维度中央，亲身感受时间从他身边向四面八方散去，又像镜子的反光一样，从各个不同角度归来。似乎围绕他的时间网络是他吐出的一根根精巧无比的蛛丝，它们碰触到常人无法碰触的细微之处，所以他从来不认为自己的作品是虚构。从他所说的那句“一件虚假的事可能本质上是实在的”来看，博尔赫斯十分肯定他创作的真实性。“因为我们人类永远都不可思议地懂得它沉睡的、优雅的存在。”对博尔赫斯来说，挖掘这一存在只可能用时间来作工具。如果我们承认时间神秘的话，那就得承认博尔赫斯的创作处处吻合时间的神秘。这是他用全部文字来探索的领域。在他写作的词汇表中，镜子、匕首、迷宫、老虎、郊区、大理石等，无不在博尔赫斯赋予它们时间意义之后，产生奇妙的变异——它们要么折射过去，要么来自过去，形形色色的人物在变异中精确地行走。结果就像约翰·厄普代克指出过的那样 ：“他奇特地将人类思想视为一个唯一的心灵的产物，将人类历史视为一部可以用神秘主义的眼光阅读的魔术巨著。”

引用完这句话我又突然感到，对博尔赫斯来说，只怕他不会接受其中的“神秘主义”一说。神秘未见得是博尔赫斯的初衷，更不是他的目的。在博尔赫斯那里，没有哪部过去时代的著作可以说神秘，在他眼里，一切都昭然若揭，一切都“忠于事实”，因为一个再也不能用眼睛去看世界的人，会比任何双眼完好的人更能感受时间在他内心流过时产生的撞击与抚摸。

不需要魔幻的情感

一

自20世纪60年代以来，拉美魔幻现实主义小说的兴起使全球读者都被那块神奇的大陆吸引。在胡安·鲁尔福笔下，活人与死人能无阻碍地交流说话，加夫列尔·加西亚·马尔克斯（Gabriel García Márquez，1927—2014）的《百年孤独》更是充满无数光怪陆离的现象，譬如阿卡迪奥用两块磁铁能挖掘出一副15世纪的盔甲，奥雷良诺上校一遍遍制作的小金鱼能够化掉，雷薇卡死后能当众升天，空气中满是飞蚁，一场雨可以连续下四年十一个月零二天……像是要给马尔克斯提供证据，巴勃罗·聂鲁达也在他的《回忆录》中说阿劳卡尼亚地区的"雨水整月整年地下个不停"。聂鲁达的运笔不给读者魔幻之感，马尔克斯将下雨的天数固定，数字就令我们在阅读时感到不可思议。马尔克斯后来明确说，他写的并没有评论家们以为的“魔幻”色彩，在他的生活和生活的拉丁美洲之中，发生在他笔下的都是非常现实的。他写的就是完全的现实。

很多时候，作者的辩解等于什么也没说。评论家和众多读者的共同感受打造了标签，作者就不得不在标签下进入文学史安排的位置。在“魔幻现实主义”的旗帜下面，马尔克斯是用小说将“魔幻”表现得最突出的一个。说他魔幻，是无数难以置信的事件被他用一句句清晰的语言表达。马尔克斯自己似乎不大稀罕这一标签，他偏爱的还是去掉魔幻修饰的现实主义。在很多场合，他都公开说《没有人给他写信的上校》是他平生得意之作。这个中篇很难看见魔幻。如果说该小说背景是在欧洲而无法运用魔幻手法的话，那他另外一个短篇《礼拜二午睡时刻》则货真价实地发生在拉美、发生在《百年孤独》的诞生之地，即发生在他精心塑造的马贡多小镇。像他在《百年孤独》前创作的所有中短篇小说一样，小说里又一次提到从未出场的《百年孤独》的主角奥雷良诺·布恩迪亚上校；还有在《百年孤独》中出场的雷薇卡寡妇；即使那个神父没有名字，也能断定是《百年孤独》中的安赫尔神父。似乎在创作《百年孤独》之前，马尔克斯想把酝酿中的人物预先看个清楚。

二

《礼拜二午睡时刻》的情节并不复杂。出场就是一对母女坐火车前来小镇。随着人物的到达和故事的展开，我们看见的是一出完全现实的情景。一个小偷企图到雷薇卡寡妇家中偷盗，撬门时被雷薇卡寡妇一枪毙命。小镇上无人认识这个小偷。他被葬在公墓。现在，小偷的母亲带着女儿来了。时间在礼拜二中午，小镇人的午睡时刻。小偷的母亲走到神父的家，询问儿子的墓地所在。将案子登记在册的神父这时才知道小偷的名字。母亲签名取过公墓钥匙后，神父忍不住责备那位母亲没将儿子带入正道。母亲的回答听起来十分平静，“他是一个非常好的人”。她简单地叙述了自己曾给儿子的告诫，叙述了儿子的乖巧和当拳击手时的伤痛遭遇。这时听闻消息的小镇人聚集在神父大门之外。小偷母亲的来临使他们取消了午睡。马尔克斯没告诉我们，小镇人想对那个母亲干些什么。小偷母亲拒绝了神父要她们傍晚再去墓地的建议。母亲觉得“我们这样很好”，就带着女儿出去了。

小说到这里戛然而止，对马尔克斯这样的小说巨匠来说，他太知道一篇小说的张力该在什么地方体现，小说应在什么地方结束。作品的前因后果十分明晰，就是刻画一位母亲在得知自己独生子死讯后的行为。我们不需要知道她是如何得知儿子死讯的，不需要知道她前往公墓后，面对儿子的墓地会有什么样的举动，不需要知道她后来又是如何离开马贡多的。马尔克斯的小说历来惜墨如金，哪怕带来盛誉的《百年孤独》，七代人的生活也被他浓缩在不到三十万字的篇幅内，倘若一个古典作家要描写七代人生活的话，动用的篇幅恐怕得超过一百万字。马尔克斯知道他在一部小说中究竟要表达什么。用他自己的话来说，现实是他从未偏移过的关注重心。里面既有马尔克斯独创的表现手法，也有他从胡安·鲁尔福那里学来的简洁和浓缩。

我们读《佩德罗·巴拉莫》时，难道不觉得胡安·鲁尔福的笔墨已精练到无可再精练的地步？读《百年孤独》时，每一章几乎都像梗概一样简洁，没有任何多余的字句。每句话都指向他所确认的现实。就我个人体会，读马尔克斯的小说越多，就越不觉得他使用了什么“魔幻”手法，不管他字里行间有多少层出不穷的神秘事件，也不过是那块大陆本身就浸透这些神秘的因素。

三

具体到《礼拜二午睡时刻》，马尔克斯同样体现了巨匠风范。首先，他的运笔从头至尾都遵循现实，不论结构还是语言，都给人一种古典之感。只不过，马尔克斯毕竟是现代派文学大师，在他笔下，强烈的现代气息又决不给人古典小说之感。除了雷薇卡寡妇和死去的小偷，小说再没有哪个人还有名字和外在特征描写，马尔克斯的笔力紧扣人物出场后的性格，一两句话就交代得清清楚楚。其次，小说的重心落在母亲对儿子的情感之上，即使儿子已经死了没办法出场，母亲简单的一句“他是一个非常好的人”就令读者感到震动。我们从中能够体会，不论儿子做了什么事，哪怕为人不齿，在母亲眼里，儿子永远是儿子。谁也不会觉得自己的儿子是真的恶人。毕竟，母亲看着儿子成长，在母亲眼里，儿子又永远是长不大的孩子。她永远都记得儿子孩童时代的天真，永远记得儿子受到的伤痛，永远记得儿子最细微的表现。当一个儿子离开母亲，母亲也永远记得儿子在她面前露出过的笑脸和曾经表现出的孝顺。即使母亲不能再进入儿子的世界，她也永远会觉得儿子在异地他乡会遭遇她无法去遮挡的风风雨雨，永远为儿子担忧和祈祷也就成为所有母亲不自觉的共同职责。

一个小偷被打死了，对小镇的法理法规来说，偷窃者理所当然属于死有余辜。打死他的雷薇卡寡妇不见得会因此忏悔，神父也不见得会指责雷薇卡。生活常理会将所有人自觉置于一个正义位置上。不论在哪个时代和在哪块大陆，人都被教导要富于正义感，被教导要痛斥恶行。在多数人那里，小偷是坏人，打死小偷的是好人。所以，雷薇卡寡妇打死小偷不是触犯法律，小镇人也觉得雷薇卡是伸张了正义。所有人一致忘记的，是世上的任何一个恶徒或坏人都有一个母亲。所有的证人和证据，在法律面前有效，在一个母亲面前却不一定有效。母亲会为儿子找出无数理由来辩护。这是人性的根基。没有这一根基，人性就将丧失。

马尔克斯对人性的了解在这篇小说中体现得淋漓尽致，艺术感染也在这里发挥得淋漓尽致。母亲的形象贯穿全篇，说的话却只有十几句，每一句都短得无法再短，这是非大师不能的手笔。母亲、女儿、神父、神父妹妹的说话听起来都平淡无奇，展开的却是尖锐无比的情感冲突。神父被这一冲突震惊得无法在瞬间反应过来。作为读者，我们也像是突然体会，母亲对儿子的情感会到达一个什么样的深度。说母爱伟大的人又往往容易忽略母爱。哪怕世上最了不起的抒情诗人，他讴歌的对象，也永远是恋人多过于母亲——是不是母亲伟大得进入了平凡，以致鲜有艺术家全神贯注地关注？马尔克斯的小说表面平凡，内在却撬动了最深入人心的情感。

素以起句就吸引读者的马尔克斯在这篇小说中展现了他的结句功力。最后一句话是“她挽着小姑娘的手朝大街走去”。这句话就像整篇小说的每句话一样，朴实无华，却又如刀锋样刺痛读者。母亲是在所有不怀善意的围观下离开神父家的。外面会有什么？那些小镇人将如何对待自己和女儿？都是母亲没有考虑的事。她只是知道，她要尽快看见儿子的墓，也就是看见儿子。在这篇小说中，马尔克斯没有借用小说的任何一句表现自己的立场，也没有运用所谓的“魔幻”手法，或许也就像他一直强调的那样，拉美大陆没什么魔幻，有的只是现实。他通过一篇篇小说，为我们呈现出现实。有些令人感到神秘，是因为来源陌生，有些令人感受强烈，是因为那是人类的共同情感。

马尔克斯从来没忘记什么是人类共通的感受。

20世纪的包法利夫人

一

或许是因为成长环境，在阿尔贝·加缪（Albert Camus，1913—1960）的小说中，时不时就出现阿拉伯人。使其一举成名的《局外人》的故事转折就发生在莫尔索枪杀一个阿拉伯人之后。不知道阿拉伯人是不是在加缪心中总唤起又熟悉又陌生的感受，当他动笔写《不忠的女人》之时，阿拉伯人又奇妙地出现了。只是这一次，阿拉伯人没有引起小说主人公的暴力，但显而易见，阿拉伯人的神秘引发了雅尼娜的内心波澜。

加缪没有交代雅尼娜的年龄，我们从细节中能算出，她在小说登场时已年过四十。依然“高大丰满，富于肉感”的身子使她相信，“这身子可以赋予他人温暖和恬静”。加缪此处措辞是“他人”而不是“丈夫”，似乎加缪想在这个看似随意的短句中告诉我们，雅尼娜的丈夫马赛尔不觉得妻子的身子能给自己“温暖和恬静”。除了商务，马赛尔就不再有其他爱好，虽然他和妻子结婚二十多年，每晚都和她“依偎着入睡，即使在病中、在旅途中也不例外”，雅尼娜还是感觉，“可能他并不爱她”。这差不多也是所有婚姻的常态。当沃伦斯基还没有出现在安娜·卡列尼娜的视线中时，读者也不可能在任何地方看到卡列宁对安娜的身子有什么迷恋。读者可以提问，出轨前的安娜对卡列宁是否爱恋？在八年的婚姻中，她喜欢和卡列宁做爱吗？

二

在加缪笔下，雅尼娜不见得爱马赛尔，尽管她有一个床上给丈夫的爱称，那也是“她过去用的叫法”，即使现在偶尔还会使用，她“却不再想到原来的用意”。婚姻总会归于平淡，从加缪描写的这次旅途也可以看出来。夫妻间很少交流，马赛尔不仅“两腿叉开、目光呆滞”，还始终流露出“神不守舍、毫无反应的模样”。这句话易让读者产生马赛尔对万事都抱以漠然的印象。这不能代表马赛尔的真实内心。夫妻之所以有这一趟旅行，是因为第一次世界大战的爆发使得“布料货源短缺，商业萧条”。马赛尔亟须像他对妻子承诺过的那样，“我要是有个三长两短，你将不愁衣食”。马赛尔当初对妻子说的话轻描淡写，自己却记得很牢。雅尼娜也记得很牢。唯一不同的是，雅尼娜总觉得生活中除了衣食，“其他还有什么该有个着落”。“其他”的究竟是什么，雅尼娜自己也不是很明白。只关注衣食的马赛尔发现随战争而来的现状是，自己如果真有什么“三长两短”，妻子就将处于“无处着落”的境况，于是他带上妻子前往南方的高原和村落买卖布料。

从马赛尔的行为来看，为了让妻子以后“不愁衣食”，已经在竭尽所能了，即使他也是为了此刻的生活而采取行动，整部小说还是建立在“他可能并不爱她”这一前提之上。

加缪有所阐述，马赛尔和雅尼娜结婚二十多年，一直没生孩子。没有孩子的婚姻会让女人自觉不自觉地感到某种危机。雅尼娜倒没有对婚姻感到危机。加缪告诉我们，他们在热恋时有过“暑假、海滩、散步，以至蓝天白云……”这些点滴构成的浪漫在雅尼娜内心产生极力想要挽留的美好感受。美好人人都渴望，但生活不全部由美好构成，欧·亨利在《麦琪的礼物》中说过，“人生是由啜泣、抽噎和微笑组成的，而抽噎占了其中绝大部分”。或许，这些说法太过真实或现实，乃至很少人愿意接受。雅尼娜不接受这些，她更愿意接受幻想。人必然要在真实中生活，这点让雅尼娜心灰意冷，甚至夏天的酷热也会让她“代他主持店务”时感到“万念俱灰”。所以，当马赛尔想带她前往南方之时，雅尼娜考虑的并不是出行的结果，而是担心路上将遇见“滚烫的热流、成群的苍蝇、四壁油腻而处处散发茴香味的客栈”等。雅尼娜担心虽多，但因为“争论太费口舌”，还是顺从了马赛尔的“坚持己见”。从中我们或能感觉，很难说马赛尔“并不爱她”，事实有可能是雅尼娜并不爱丈夫。因为丈夫只给予她真实，不再给予她幻想。

三

在法国文学史上，最为幻想折磨的女性形象当属居斯塔夫·福楼拜笔下的包法利夫人。这个鄙夷丈夫是乡镇医生的女人，整日梦想浪漫主义小说中的爱情，终于在幻想中投入风月老手鲁道尔夫的怀抱，最后在走投无路时服毒自尽。包法利夫人的悲剧在于她对现实抱有不切实际的幻想。她渴望浪漫小说中刻画的那种疯狂热烈的爱情，因此，包法利夫人的悲剧与其说是现实的破碎，不如说是她沉湎于幻想后无从闪躲的必然结局。

从福楼拜创作《包法利夫人》到加缪创作《不忠的女人》，中间相距百年。时代变了，人性还是一样。在雅尼娜那里，不论丈夫如何想让她日后“不愁衣食”，她还是觉得“其他还有什么该有个着落”。从他们踏上旅途那一刻起，我们能够感觉，对雅尼娜来说，这个“其他的”虽然不一定就是包法利夫人一心追求的浪漫爱情，也和一种情感的起伏差不了多少。

雅尼娜厌恶旅行，和丈夫没什么话说，车里塞满的阿拉伯人也好几天不说话。雅尼娜的内心感觉“极其沉闷”。当丈夫问她装样品的小箱子在哪里时，雅尼娜的回应也只是用脚碰碰凳子下的物件，连弯腰去确认一下都不肯。与此同时，坐在她过道同排的一个军官不觉间引起了她的注意。丈夫从她的视线中消失了，军官成为她的注意重心，以致只在片刻犹豫之后，便接受对方递过来的槟榔。

军官是不是想勾引雅尼娜？答案难以肯定。他们下车后，雅尼娜想和丈夫说话时先看见军官“迎面走来”，军官却“不屑一顾地走过”，使雅尼娜“突然感到周身疲乏”。这个细节很容易让我们想起导致包法利夫人失足的农业展览会场景。在那里，鲁道尔夫对目标有备而来，所以包法利夫人没能在想入非非中逃过鲁道尔夫的陷阱。加缪小说中的军官不是鲁道尔夫。或许，给雅尼娜献献殷勤，不过是自己旅途中的一次无聊消遣。旅途结束了，消遣也就收场了，何况这女人的丈夫还在她身边。想成为另一个鲁道尔夫也需要时机，他没这个时机，不如就索性“不屑一顾地走过”。

军官消失了，雅尼娜已不再像出发时那么平静。她将自己内心的涌动归结到天气寒冷。走进客栈之后，“她不知将手提包放在哪里，也不知自己该在哪里……反正是冷得打战……她在等待，但也不知道等什么。她只是感到孤独，还有透心的凉气，以及心口一种沉甸甸的感觉。其实她恍若坠入梦境……”这种纯客观的心理描写表现了雅尼娜本身的茫然。人茫然，是情感处于茫然。马赛尔在她身边忙来忙去，雅尼娜还是感到孤独，说明雅尼娜的心思完全不在丈夫身上，也不在他们需要面对的生活之上。

四

雅尼娜无法从茫然中清醒。当马赛尔向客栈老板打听完商贩情况后，用餐前马赛尔要妻子别喝餐桌上的水，理由是“水没煮开，不如喝葡萄酒”。形成对比的是，雅尼娜对陌生军官的槟榔表示了谢意，对葡萄酒想到的却是自己不喜欢酒。加缪在这里为我们展现了马赛尔粗犷的性格——和妻子结婚二十多年，他居然不知道妻子不喜欢酒。马赛尔始终不知道妻子有什么心事，对他来说，旅行的目的明确，事事都得按照计划实行。雅尼娜虽然陪着丈夫，始终只“默默倾听”。后来走到街上时，满街的阿拉伯人让雅尼娜立刻强烈地“觉得自己从未见过这么多男人”，他们没有一人看她，即使有几张面孔转向她，也对她“视而不见”。当她和马赛尔走上一个要塞楼梯，面对无边无际的空寂之时，雅尼娜“突然觉得有什么东西在期待她，那是她迄今不曾注意却正是所需要的东西”。加缪告诉我们，对雅尼娜构成吸引力的，是那些“游牧人的营帐。她连那里住了些什么人也未曾看到……但此刻她一心向往他们，那迄今她一无所知的人们……他们是某一奇特王国自由自在但却穷困潦倒的贵族”。这个念头“搅得她心中充满无涯而甜蜜的惆怅”。

我们就此看到，年过四十的雅尼娜始终觉得自己不属于丈夫，就像包法利夫人觉得自己不属于夏尔，安娜·卡列尼娜觉得自己不属于卡列宁一样。不同的是，包法利夫人和安娜·卡列尼娜的期待十分清楚，雅尼娜的期待却始终模糊。就性质而言，雅尼娜的感觉和包法利夫人的感觉一样，也和安娜·卡列尼娜的感觉一样，即使雅尼娜没有爱上某个具体的男人，却在渴望挣脱丈夫或婚姻带来的束缚。阿拉伯人的游牧生活唤起了她的渴欲。包法利夫人爱上鲁道尔夫和安娜·卡列尼娜爱上沃伦斯基，都源于他们居心叵测地唤起了她们对另一种生活的渴欲。雅尼娜的渴欲让我们看到，马赛尔和妻子经过二十多年的婚姻打磨，始终没达成彼此间的心灵深入。

没有心灵深入的婚姻当然可怕。马赛尔和雅尼娜早已陌生得不知彼此内心所想。小说结束在夫妻二人夜宿的晚上。夜宿是夫妻交流的最佳时刻，加缪不惜笔墨进行了描述。白天的忙碌使马赛尔“不闻不问地熄了灯”，患感冒而发烧的雅尼娜“不胜乏力地挣扎着”。对读者来说，雅尼娜的感冒像是一场内心不断交锋后的思想感冒，所以在“热度越来越高”的时候，雅尼娜“内心越发恐慌起来”。感冒不会让人恐慌，有了想法倒会令人坐卧不安。在丈夫的鼾声中和熄灯的床上，雅尼娜还在“清点着黑色帐篷的数目”，眼中仿佛还在凝视“正在食草的静静的骆驼”。丈夫睡在身边，自己却感到“万分孤独”。或许，雅尼娜觉得自己是不得不睡在丈夫身边。夫妻同眠是彼此需要，在雅尼娜看来，马赛尔的需要仅仅在于“他不愿孤独、不愿衰老、不愿死亡”。紧接着，雅尼娜惊讶不已地发现自己也同样如此，因为“她克服不了什么”，她也由此感觉自己“得不到幸福，她将在未获解脱的情况下了结此生”。于是雅尼娜起身开门，将自己“投身于夜色之中”。在寒冷的南方高原，雅尼娜“深深地呼吸，忘记了寒冷，忘记了人们的负担，忘记了狂乱或凝结了的生命，忘记了生与死的漫长焦虑……她仿佛寻到了自己的根”。

五

寻到自己的根就是幸福吗？无论如何，能找到自己精神之根的人，是能够认清自己的人。雅尼娜在自己的生命深处意识到内心真正的需求已属不易。这种需求可以代替生活本身吗？答案是绝无可能。如果没有另一个人走入自己内心，生活就永远不会是生活。雅尼娜的需求仅仅是生活的某个局部，局部不等于生活本身。于是，雅尼娜在完成自己的情结打开之后，又“蹑手蹑脚地回到屋里”。马赛尔在她躺下后醒来了，因为口渴，他下床喝了瓶矿泉水。妻子的模样一定震惊了他，回到床边的马赛尔“百思不得其解地凝视”后者，乃至雅尼娜“情不自禁地落泪”，整篇小说就结束在雅尼娜哭泣着喊出“没什么，亲爱的，没什么！”的句子之中。

这个情绪终至爆发的结句令人忍不住感到震惊——雅尼娜最后的哭泣是终于获得解脱了吗？我们谁也不知道答案。回头再看篇名，加缪为什么要命名为《不忠的女人》？表面上看，雅尼娜的“不忠”体现在她和军官的眉来眼去，体现在她对另一种生活的无知而造成的种种臆想，体现在她对丈夫所有行为的极端游移和漠视等。加缪说她“不忠”，是不是在说雅尼娜思想不忠？如果是，我就觉得作为法国文学的继承者和拓展者，加缪是想为20世纪文坛塑造出新的包法利夫人。雅尼娜和包法利夫人的相同之处是两人都拒绝现状，都有自己内心的某种饥渴，她们同样走出了面向婚姻之外的一步。不同的是，包法利夫人轻率地委身鲁道尔夫，最后用自己的全部生活和生命作为了代价。雅尼娜的年龄和阅历都使她比包法利夫人要成熟，她的出轨也仅仅局限在精神领域，用阿兰·布鲁姆的话来说，是“一些影响了人性的永恒层面的东西”构成雅尼娜的内在出轨。它意味一个人——也许是所有人都难以回避的现实与愿望的交锋。这场交锋的结果，没有人可以找到明确答案。雅尼娜的回来和哭泣不能算作答案，只能称得上是一种选择。这恰恰是加缪理解到的生活奇妙之处，永远没有答案，永远只能选择。雅尼娜比包法利夫人幸运的是，她还能够有一个及时的选择。

永难摆脱的生活凡庸

一

稍稍回顾19世纪的法国文学会发现，司汤达笔下的于连·索雷尔，奥诺雷·德·巴尔扎克笔下的拉斯蒂涅、吕西安，维克多·雨果笔下的冉阿让、郭文，大亚历山大·仲马笔下的邓蒂斯，爱弥尔·左拉笔下的艾蒂安等人物，无不充满超群的个人魅力。似乎在那些小说家笔下，充满激情又将激情引向某个高度的人物才值得他们精心塑造。到20世纪，普通人成为小说家们关注的对象。古典小说家们并非没有塑造过普通人和小人物，只不过，他们往往将那些小人物搁置在具有时代感的背景之下，似乎没有这一背景，人物的命运就不好解释。

塑造小人物，阿尔贝·加缪不是第一个，却是写得极深入的一个。他在短篇小说《无声的愤怒》中刻画的依瓦尔等人物让我们感到，他们与时代没什么关系，仅仅是个人性格才导致他们面向命运的叹息。

二

依瓦尔是一个工厂里的制桶工。该身份容易让人想到，巴尔扎克笔下的葛朗台也是箍桶匠，读过巴尔扎克小说的人知道，葛朗台的精明强干令每一个读者都不敢低估。如果我们在生活中遇上葛朗台这样的角色，只怕难逃他“钢铁般的利爪”狠抓。依瓦尔只是逆来顺受的工厂工人。小说出场时，依瓦尔对隆冬“明晃晃的太阳”和“海天一色”的景致都“视而不见”，只是“费力地骑着自行车”前往工厂。他腰间挎包的午餐盒里，塞有妻子费尔南德做好的粗制面包。

依瓦尔已经四十岁。加缪告诉我们，从二十岁开始，依瓦尔都这样每天前往工厂。二十岁和四十岁的区别太大。二十岁那年，还是单身汉的依瓦尔不仅“看海看不厌”，还“酷爱游泳”，每个周末都是在海滩度过。和费尔南德结婚并有了孩子之后，他的周末不再是用来度假，而是“在制桶厂加班”，星期天还得“为私人干零活”。似乎在深入生活之后，消逝的不仅是青春，还包括某种内心的东西。唯一没变的，是依瓦尔“仍旧爱海”。每天他都在平台上看落日，穿着费尔南德给他“仔细熨烫过的干净衬衫”。奇怪的是，依瓦尔虽感惬意，还是“不知自己是喜是忧”，他总觉得自己还在“耐心等待”，但“自己也不甚了解等待什么”。

二十岁的青春容易让人受尚在远方的生活吸引而勃发激情，这股激情的延续或会将人带往渴望的某种高度。当依瓦尔四十岁仍然在工厂做工时，不仅激情消退，还觉得自己四十岁就已老成了“古人”。这一近乎颓丧的心态决定了依瓦尔的生活。

这一天，依瓦尔觉得“去工厂的路从未显得如此漫长”，原因是他们罢工失败。工厂老板拉萨尔拒绝了工人们的要求，继续罢工的前景不妙，工人们不得不复工。包括依瓦尔在内的所有工人都明白，这次罢工无非是“出出气”，因制桶业受到“造船和运油卡车威胁”，拉萨尔的生意已经不太好做。当工人们决定罢工时，拉萨尔只说出“去留自便”的生硬之言。对依瓦尔来说，他们实际上不可能离开工厂，“有手艺没饭碗”的前景等于将自己逼入绝境。

小说容易让人想起左拉的长篇名著《萌芽》。在这部小说中，左拉同样描述了一次罢工事件，他笔下煤矿工人的罢工是因为劳资双方尖锐对立。无产者与资产者具有历史意味的抗争使左拉将小说写得气势磅礴，犹如史诗。在加缪笔下，拉萨尔是老板，谈不上剥削工人，因为子承父业，拉萨尔“早就认识几乎所有的工人”。拉萨尔和工人们相处融洽，为人也“十分和气”。工人们罢工，更多的是拉萨尔“碰上了难题”。对一个老板而言，工人们罢工相当于造反，不论他和工人们多么熟悉，还是不见得欢迎工人们前来复工。依瓦尔和所有同事都一声不吭，都“对自己的敢怒不敢言极为恼火”。

拉萨尔走进作坊后，没有人搭理老板。拉萨尔主动跟工人招呼，后者也只顾干活。拉萨尔质问工人们“这种态度有啥用”？回答他的还是作坊里铁锤和电锯的声音。工人们选择了复工，对自己的失败又感到沮丧。拉萨尔是罢工的赢家，并没变得趾高气扬。加缪也没有借助这种冲突，在小说中去刻画道德甚或阶级意义上的好人和坏人，他只写某种生活的某个截面。作为“存在主义”的代表作家，加缪写的仅仅就是“存在”。

拉萨尔将依瓦尔和另一个工人叫到办公室。进去之前，他们听到拉萨尔的婴孩的哭声，还听到拉萨尔“不好再请医生”的嘱咐。这个细节表明了拉萨尔的困境。所以，办公室的谈话不会有什么结果。小说设置的情节始终枯燥，唯一增加的信息就是拉萨尔的女儿病了。

加缪的笔尖始终集中到依瓦尔身上。读者看到他“一直弯腰驼背，脸朝着手中的刨具”。疲乏感将依瓦尔彻底控制了，正值四十岁壮年的男人，居然觉得自己“年事渐高”，觉得“凡是劳动四肢的活计，最终会受到诅咒，并成为死亡的前奏……对那些凭空赞美体力劳动的人，自己实在是不知其所云”。

这些“不祥之念”使依瓦尔感觉“体力劳动日艰”。然后发生的事是拉萨尔女儿病情加重，工厂工头出去请医生。依瓦尔对拉萨尔女儿的病情不加评论，只是将消息传开，工人们过来听了听，然后又“重新各就各位”干活。大家似乎都在“观望什么”，又没有什么值得观望，既然复工了，不管他们是否愿意，该干的活都得干。依瓦尔“心情仍很难过。他本想说点什么，却无话可说”，他唯一渴望的只是回家，“重见费尔南德和儿子，重登平台”。这个被生活打磨的男人意气消沉，或许依瓦尔不是因为复工才感到消沉，从他觉得自己变成“古人”那一刻起，依瓦尔就不再有年轻时的激情和向往。

加缪似乎想拖延小说节奏，当工人们下班之后，他不厌其烦地描述他们如何停下机器、如何熄灭火堆、如何进入更衣室、其他人如何清扫现场、在淋浴时如何不再有众人开玩笑。依瓦尔没想叫住任何一个同事，甚至没有洗澡就更衣，和大家道过晚安之后，就“急急走出，找到自行车”，当他“一跨上车，便又感到极度疲惫”，他还是“骑得很快”，路上还想起拉萨尔女儿的病情。我们或能体会，依瓦尔的生活中实在没什么值得书写。老板女儿的生病也成为他生命中一件可以时时想起的事情，这也只能说他无法在工作中再找到其他重要的东西。

回到家时，依瓦尔的儿子“正在翻阅画报”，妻子费尔南德很自然地问他今天是否顺利，依瓦尔还是“一言不发”，径直去“洗衣房冲凉”，然后坐到平台上眺望。海面还是像二十年前一样，对他有充分的吸引力，但他的内心完全不复当年的冲动感受。令人疲惫不堪的感受不可能让人再做出不顾一切的决定。当费尔南德在他身边坐下后，依瓦尔将这平淡无奇的一天的情形告诉给她。依瓦尔比任何人都明白自己生活就处在一个无意义的状态。唯一剩下的感受，就是他凝望大海时涌起的隐秘情绪，该情绪导致小说的结句几乎突如其来，“他想望着青春复来，费尔南德也姣好如初，那么他俩必定会远渡重洋的”。

三

当整篇平淡乏味的小说写到末句，才令人突感一股锥心的刺痛。这当然不是加缪的强行所为，这句表面上尚有激情，实际上不再可能实现的话正是无数人的想法。谁都想青春重来，让自己有更好的选择。人真的有第二次选择吗？就依瓦尔来看，他和所有人一样，都有过激情充沛的青春：在他酷爱游泳的青年期，他身下的这片大海不就对他发出过召唤？他在海滩散步之时，海洋的对岸不就曾吸引他的目光？他初识费尔南德之时，费尔南德不正是如花似玉之年？这一切当然能够肯定，他缺乏给自己开创未来和独自打开生活的勇气，这不是依瓦尔一个人缺乏的勇气，而是无数人——如拉萨尔工厂的所有工人们都缺乏的勇气，所以，他们所有人都留在了工厂，他们“出出气”的罢工也就只可能以失败告终。

小说最后也蕴含一个问题，如果此刻的依瓦尔尚在青春，他会真的携费尔南德远渡重洋吗？我觉得不会。加缪这篇小说令人震动，就源于所有人都有过这样那样的渴望，生活本身的凡庸又让他们不知不觉选择了屈从。摆脱凡庸，不是每个人都能做到，即使每个人都渴望有属于自己的强者幻想，真正成为强者的毕竟只是少数，生活给绝大多数人的，只是随波逐流的点滴。这些点滴构成无数人日积月累的一生。依瓦尔在品尝这种点滴，我甚至忽然肯定，他每天坐在平台上眺望黄昏和大海，不过是给自己重复一种虚幻的安慰，它不可能变成实实在在的现实。沉沦幻想是无数人的行为，人摆不脱比人更强大的现实，幻想也就注定成为虚幻。用加缪的哲学术语来说，这一沉沦的虚幻不过是人在生活中面对的“荒谬”。如何面对“荒谬”，加缪的回答是扛起“荒谬”。但屈从生活之后，无数人扛起“荒谬”的勇气也不见得拥有。这恰恰是依瓦尔的悲哀，也是人最大的悲哀。

面对历史和个人的铭记

一

2015年10月8日，全球作家和读者瞩目的诺贝尔文学奖揭晓。白俄罗斯女作家斯维特拉娜·阿列克谢耶维奇（Svetlana Alexievich，1948—）击败名气比她大得多的村上春树等作家获奖。对国内无数读者来说，怕是又跌了一回眼镜。毕竟，阿列克谢耶维奇在国内读书界还是比较陌生的名字。国内曾出版过她的著作，一是不多，二是没有在当时产生强烈反响。记得十余年前我读她的《战争中没有女性》《锌皮娃娃兵》和《切尔诺贝利的祈祷（未来的记事）》等著作时虽感震撼，但直到她获奖的消息传来，才重新忆起这位女作家的名字。

或许对阿列克谢耶维奇来说，她并没去想别人是否记住她的名字，而是在意自己是否在作品中表现出了要追寻的真实和真理。记者出身，就注定阿列克谢耶维奇对真相的报道有本能的职业意愿。对很多普通读者以及很多记者来说，想要探寻事件的真相，艰难倒在其次，真正的难度在于追寻者是否具有发现后公开真相的勇气和胆识。这种勇气也往往一分为二，首先是报刊等媒体是否愿意发表真相，二是作者本人是否能够承受住真相。在阿列克谢耶维奇那里，两种情况她都在面对。其成名作《战争中没有女性》无处不是血淋淋的悲惨遭遇，但毕竟作者在书中还是肯定了源于理想而甘愿牺牲的人生价值，读者在最后也能看到有旗帜在鼓舞人心地飞扬。从《锌皮娃娃兵》开始，阿列克谢耶维奇的文字不再刻意掩饰，而是让所有的事实在其笔下显现出真实的残酷一面。

《锌皮娃娃兵》的背景是阿富汗战争。众所周知，苏联在1979年12月发动对阿富汗的入侵，奉行民族主义的阿富汗总统阿明在苏联入侵当月就被逮捕并处决。被扶上台的卡尔迈勒傀儡政府和苏联军队一起，同结成联盟的阿富汗各派游击队展开军事冲突。在耗费四百五十亿卢布和五万军人死亡的代价下，苏联人没有达到入侵目的，最终在1989年2月撤军。《锌皮娃娃兵》描写就是这十年的痛苦岁月。

二

痛苦只属于被杀戮的阿富汗人吗？在阿列克谢耶维奇笔下，痛苦和眼泪同时还属于苏联人。如果仅从影视中去看战争，我们看到的无非是一曲曲浪漫战歌。但战争从来都不浪漫，战争主题永远是痛苦和死亡。身为记者的阿列克谢耶维奇在越来越多的真相面前，选择了反思，也就选择了对当时无数个人的痛苦还原。

在书中，阿列克谢耶维奇将所有的采访笔录一篇篇交给读者，让我们一页页看到那些在战争中的掷弹筒手、军事顾问、卫生指导员、公务员、通信兵、军医、女护士、炮兵中尉，以及无数死难者的妻子和母亲的谈话。他们的言说比任何结构严谨的虚构作品更具打击人心的力量，乃至所有现实都血淋淋地呈现在我们面前。

写作此书，阿列克谢耶维奇采访无数从战争中死里逃生的各类人物。在他们的感受里，战争带给自己的是永远无法抹平的创伤。数万苏联娃娃兵死了，他们的尸体被装进锌皮包裹的棺材里。对于死者，他们永远不知道自己究竟为什么要死，对于死者的亲人，更无法理解为什么这些娃娃会在如此年轻的时候就遭遇死亡。阿富汗战争不是几十年前发生在苏联的卫国战争。那一次，是德国人入侵他们国家，每一个人都有打击侵略者的理由和正义感；这一次，他们是去往别人的国家，他们要打死那些和他们没有仇怨的人。尽管祖国告诉他们，入侵阿富汗是正义的战争，他们却从来看不到宣传机器所颂扬的道貌岸然的正义。对这些普通士兵来说，唯一能够认识到的，就是发现自己“只不过是一件东西罢了”，而且，在强弱并存的“生活”中，强者“夜里可以把他（年轻的士兵）叫醒，用椅子、用棍棒、用拳头打他，用脚踢他。白天可以在厕所里揍他，把他打个半死不活”，还可以命令他“把我的袜子舔干净了，好好地舔一舔，让大家都能看见”。痛苦不仅在自己的军营，这些士兵还随时面对死亡，他们能够从那些缴获的武器中体会，武器“都是用来消灭你的”，被地雷炸断腿和炸瞎眼的工兵只有“在夜里，在梦中”感觉自己在“孩子们前面又有了两条腿，我的眼睛又能看见东西了”。

三

真正的痛苦不仅如此，政府的谎言更令人不寒而栗：“我们十九岁的小伙子们，往往在莫名其妙的战争中死亡，可是国内报纸上写的却是我们来阿富汗筑桥、种树、修友谊林荫路”。电视上“苏联士兵与阿富汗士兵称兄道弟”。那些“将鲜花堆上装甲车”的场面不过是为了欺骗后方的每一位母亲，她们的儿子多半在“还没有被训练成一个兵”时就被送上战场。即使谁都知道战争必然带来痛苦和死亡，在无能为力的普通生命中，所有个人活着的意义都被巨大的谎言一笔勾销。更可怕的是，士兵们在死亡威胁下，干的却还有“用棺材偷运毒品”“偷运皮大衣”，把一串割下来的敌人耳朵当战利品的勾当，苏联哨兵甚至抢劫阿富汗孩子……所有这些复杂和残酷的现实都从那些受访对象嘴中倾吐出来，阿列克谢耶维奇如实将它们记录，没有褒贬，实情是什么就交代什么。驱使她做出这一行为的，正是她对每个人命运的关切，意识到她的责任就是将这些事实铭记。这是一代人的历史，甚至就是整个20世纪的历史。面对历史和个人的铭记，阿列克谢耶维奇通过作品，站在了伊凡·亚历克塞维奇·蒲宁、鲍利斯·列奥尼多维奇·帕斯捷尔纳克的行列。对那些同样获得诺贝尔文学奖的前辈来说，他们和阿列克谢耶维奇经历和铭记的根本没什么两样。面对时代，阿列克谢耶维奇录下了她敢于也应该录下的声音。帕斯捷尔纳克早在半世纪前就写下不会被一代代作家忘记的名言："他们的痛苦是笔墨难以形容的，他们的痛苦使忧愁变成一种心病……让我们怀着同情的心，再在他们所蒙受的苦难面前低下头颅吧！"

在阿列克谢耶维奇这里，同样是低下头颅。她低下头颅，和所有伟大的俄罗斯人一样，都是为了纪念时代的苦难，正是有了这一纪念，人类才不会忘记自己曾经承受的痛苦。我们回顾 20 世纪，俄罗斯所经历和承担的痛苦也最能代表人类和历史所承担的苦难。从这点来说，阿列克谢耶维奇的获奖，也许比另外一个追求纯文学技艺的作家获奖更具催人思考的意义。

言与图的文化探源

一

谈起中国文化，国人总少不了在这个词组前加上“博大精深”的前缀。中国文化究竟“精”在何处、“深”在何处，不是专研国学的人，又只怕会说得含糊和不得要领。以《棋王》享誉文学界的小说家阿城（1949—）推出的新著不是小说，而是谈论文化的《洛书河图》，我不禁有点好奇——这个题目能被一个小说家谈透吗？

从中国文化的性质上看，神秘性是其核心之一。神秘不仅体现在浩如烟海的古籍如《诗》《书》《易》等经典之上，还体现在不计其数的图案和民族服饰上。阿城这本新著，很明显一点是图片多于文字。之所以如此，从南朝刘勰在《文心雕龙·神思》中说到的那句“思理为妙，神与物游”中就能找到答案。在刘勰那里，神秘或文化的依托离不开与“物”的交游。它表明了中国文化的奇特性和言与物的互补性。更何况，阿城这本著作还有个直截了当的副标题："文明的造型探索"。

造型离不开图案。问题是，这些图案和文化有什么牵连？阿城的全书主旨是讲述"河图洛书"。在《周易·系辞》中便有言："河出图，洛出书，圣人则之。"这句话说得十分清楚，河图洛书即为《周易》本源。能看出，阿城这部著作的雄心就是对中华文化进行一次探源的努力。

二

河图洛书究竟是什么样子，从上古至秦汉，始终都是神秘的，一直到宋人朱熹那里，其弟子蔡季通入蜀找到河图洛书。朱熹对其研究后的解释能成经典，就在于河图洛书通过"对过往事物的揭露，对现状的解释，对未来的推测"成为个人及天下事的演论依据。该依据便是河图的样子，也即我们无人不悉的阴阳图。以阿城的话来说，"阴阳符图真的是完美到无话可说"。从图形上看，阴阳图当然完美；从文化上看，其造型所容纳的，便不只是表面的完美了。大凡中国人，都对一句话不陌生，"易有太极，太极生两仪，两仪生四象，四象生八卦"。这句话蕴含的，便是我们先人对宇宙起源及演化的设想，它奠定的宇宙观表明，一阴一阳谓之道，大化流行，生生不息，万物周行不殆。在阿城的阐述中，河图甚至就是宇宙间围绕北极星旋转的星象。

洛书与八卦的关系也十分微妙。洛书（即九宫图）数目纵横相加的和都是15。从排列顺序看，奇数表示天道，偶数旋转表示地道。南宋数学家杨辉便是受洛书三阶幻方启迪，发明了四阶幻方，明代程大位又发明了六阶和七阶幻方。幻方即纵横图，它反映出我国古代数学所达到的较高水平。

阿城谈洛书时没有谈到数学，其着重点在洛书符形的推演过程。令人惊奇的是，在阿城罗列的无数图片中，既有大量的古代纹彩陶盆，也有不断出土的被发现携带有洛书符形的玉器。更不可思议的是，即便在今天，大量的洛书符形居然可以在苗族背儿带、瑶族婚礼服及壮族女装衣履上随处看到。我记得曾在少数民族较多的湘西等地旅游时，当地的少数民族服饰之美使我印象颇深，尽管它给人一种神秘和化外之感，也决不会让我在那时就想到他们衣服上的各色图案居然就是洛书符形。简单来说，洛书符形从根本上强化了我们民族的图像思维，它构成的渊源深入在我们民族的细微之处，从而使我们一步步回溯文化的诞生源头。

面对充满对称感的洛书符形，我不由自主地想到老子的《道德经》。在书中，老子比较系统地揭示了事物互相依存的对立统一。《道德经》的核心便是“道”为万物本源。“天之道”是自然规律，“人之道”是社会规律。在自然的对立中，充满大小、多少、高低、远近、厚薄、轻重、静躁、黑白、寒热、歙张、雌雄、正反、同异，等等；在社会的对立中，充满美丑、善恶、真伪、是非、利害、祸福、生死、荣辱、智愚、吉凶、兴废、进退、主客、巧拙、难易、怨德、贵贱、贫富，等等。这些既对立又统一的观点无不集中在洛书符形的对称当中。

难怪中国文化历来便讲究此消彼长，讲究盛衰相依。

不能不说的是，在河图与洛书的关系上，清代的杭辛斋在《易楔》、万弹峰在《易拇》中都有过论述。他们的结论便是：河图为体而中有用，洛书为用而中有体，河图是先天的，洛书是后天的。河图洛书阴阳相抱，方圆相藏。这正是易学以宇宙为阴阳合体的表述核心。

三

当然，如果要将易学包含的问题及来龙去脉阐述清楚，读者需要的是一本严谨的学术著作。阿城这本书令人惊奇的是，他采用造型解读为主要手段，深入浅出地便将读者带到中国文化的根源深处。说其深入浅出，是这本书不是阿城就河图洛书进行一次严肃的学术创作，而是他为中央美术学院油画系进入毕业创作的学生上课录音而成，所以这本书并不给读者艰深之感。在阿城的娓娓讲述和图片辅助中，往往达到专者得其专、深者得其深、浅者得其浅的通融效果。这么说，是我们面对的虽是文字，却无处不充满阿城课堂上的种种口吻。说它是一本口语著作实不为过。口语带来的效果便是轻松，即使他谈论的话题艰深。阿城坦言，上课前未做讲义，是因为“内容早已烂熟于胸”。也正因为“烂熟于胸”，不论他是讲述河图洛书，还是讲述天极与先秦哲学，进而讲述对东亚文明的猜测，都显得有条不紊和逻辑分明。

有了河图即旋转星象的前提，阿城对天极的讲解便构成全书最厚重的一章，这一章也是最充满阿城个人见解的一章。在阿城眼里，中国古代天文体系的核心是“天极处于星象体系的正中”，因而在远古，东亚存在的只是北极星（天极）崇拜，而不是后来才传入的太阳崇拜。在古人眼里，星和人有种对应，一颗星出现，就是一个人诞生；一颗星陨落，就是一个人死亡。阿城利用大量图片说明，天极即上帝神，早在远古的商、周时期，其形象便出现在青铜器中，哪怕在今天，也在苗族服饰图案中有迹可循。需要强调的是，在汉学中，这还是第一次通过图像，释读出天极和天极神的符形。阿城通过造型解读，证明了中华造型文明的肇始便是星象系统的配置；证明了被视为民间艺术的，其实是上古文明的遗存，是罕见的文明活化石；经过星象系统，证明了中国文明与中亚、西亚、两河、古埃及、古希腊及欧洲文明的本质区分。所以，这本图文并茂的书其文字虽是口语，仔细想想，学术价值依然不轻。

辑 二

——《艾特达港》，克劳德·莫奈绘

斯泰因的客厅

一

一百多年前，美国还不具有对全球事务指手画脚的能力。彼时拓荒的激励和对外面世界的向往，使不计其数的美国青年在20世纪之初漂洋过海地前往欧洲。在他们眼里，欧洲高踞全球艺术金字塔顶端，放射出夺人心魄的神奇光芒。到达那里的美国青年无不雄心勃勃，却还是预料不到他们将在巴黎留下如此深的创作履痕。

一个叫格特鲁德·斯泰因（Gertrude Stein，1874—1946）的女人更不会想到，当她在1903年到达巴黎后，会成为一个时代的标志，会对如此多的作家艺术家产生方向性的影响。

能影响他人的人，自身必然与众不同。斯泰因前往巴黎的原因是忍受不了霍普金斯大学的教育，退学后干脆离开美国。到达巴黎后，斯泰因和哥哥格特鲁德·利奥住在一起。每次想起这对兄妹，我都会想起阿根廷小说大师胡里奥·科塔萨尔脍炙人口的短篇小说《被侵占的房子》。小说人物就是一对居住一起的兄妹，他们因充满对外界的不信任而产生强烈的不安全感，选择足不出户的生活，直到被某种神秘因素逼到外面。现实中的斯泰因兄妹不同，他们视野宽阔，对巴黎生活充满兴奋难抑的激情，于是主动走到外面。利奥的艺术修养迅速唤起斯泰因的艺术狂热。两人对刚刚诞生的现代主义兴趣浓烈，尤其对甫一问世便不断遭到嘲笑的现代主义绘画更是情有独钟。

二

两兄妹频繁出入各大画廊，成为保罗·塞尚作品最早的收购者。当时还默默无闻的保罗·高更、皮埃尔·奥古斯特·雷诺阿、亨利·马蒂斯的作品也成为他们非凡眼光下的藏品。到达巴黎的巴勃罗·毕加索画作迅速被挂上斯泰因兄妹的客厅。那幅《戴花的少女》还直接挂进了斯泰因卧室。简言之，兄妹二人成为第一批现代主义画家的赞助者，直接后果就是他们所住的弗勒吕斯街27号成为无数艺术家的会聚之地。

因为经常前往斯泰因家中聚餐，毕加索的肖像名画中便有了一幅叫《格特鲁德·斯泰因的肖像》画作。从这幅画上我们能见出斯泰因当年的风采。能成为毕加索的朋友，不是简单购买他的画作就行的。斯泰因对艺术的热爱从来不是附庸风雅，而是具有自己极为独到的眼光。她出手的画评不仅赢得画家们赞赏，小说行文也极为怪异地罕用标点。令读者不习惯的叠句使用和毕加索刚刚开创的立体主义画风相得益彰地创造出前所未有的艺术表达方式，斯泰因因此获得“立体派作家”称号。在今天来看，詹姆斯·乔伊斯的《尤利西斯》不也整页整页不使用标点？这一令人耳目一新的写作风格吻合了20世纪初期的探索狂潮。

沿前人走过的路前进并不困难，投身写作，难就难在能独辟蹊径地大胆开创。斯泰因身为女性，比大多数男性作家更热衷走一条从未有人涉足的道路。她的精力储备令人吃惊，几乎每晚开始写作后，不到黎明决不罢手。精力旺盛的人才有打破坚冰的能耐。这样的人也往往容易引发争议。曾发表过乔伊斯作品的玛格丽特·安德森说道：“对我来说，读她的作品仍然有困难，一个困难是理解不够顺畅。”亨利·麦克布莱德则把斯泰因看成奋不顾身的实验者，认为她将英语文学带进了崭新的现代世界。斯泰因自己也狂傲地认为，英国创造了19世纪的文学，而她将代表美国创造20世纪的文学。

事实也果然如此，不论欧洲的文化积淀多么深厚，在20世纪初期，两个新大陆来客对以往世纪的陈规陋习进行了毫不留情的摧毁。他们分别占据伦敦和巴黎两座最大的欧洲艺术之城。伦敦的艾兹拉·庞德以“意象派”将维多利亚时期的矫揉造作之风洗刷一新；巴黎的斯泰因则将新艺术的大门用双手推开。她客厅的整面墙壁挂满一排排先锋画作。在无数人眼里，斯泰因之家堪称全球第一家现代艺术博物馆。不论法国人还是美国人，只要喜爱先锋艺术的，无不踏足斯泰因的客厅，这也导致斯泰因读者虽少，大名却无人不知，成为各种报刊争相报道的热点。

要说成名，斯泰因到巴黎后短短几年就已做到。不过，斯泰因显然不是要追求单纯的文学之名，对她来说，认识和引导一个时代的潮流才是她的目标。她客厅里会聚着巴黎各路精英：画家、作家、记者、收藏家等，还有慕名而来的大量崇拜者。毕加索和马蒂斯也是在斯泰因的客厅结识的，多斯·帕索斯、弗朗西斯·斯科特·基·菲兹杰拉德、纪尧姆·阿波利奈尔等名流穿梭其中。简言之，斯泰因的客厅浓缩了20世纪初期的艺术剪影，让我们看到那个时代的种种艺术风尚，也让我们惊讶于那个时代对艺术的狂热追求。似乎除了艺术，没有什么可以成为举足轻重的生活核心。无数的作家、诗人、画家在巴黎昼夜狂欢，中央广场、红磨坊、莎士比亚书店、蒙帕纳斯区街道等地，都是艺术家们流连忘返的场所。他们都初出茅庐，毫不在意阶级的差别，又因都在艺术上全力以赴而相互引为知音。在当时的巴黎，生活就是艺术，艺术就是生活。不计其数的沙龙应运而生，却没有哪个沙龙可以和斯泰因的客厅相提并论。那些以个人能力便足以挑战过往艺术的梦想家们在每个周六成群结队地前往斯泰因的客厅。主要原因是斯泰因的个人修养和艺术判断达到当时罕见的地步。从今天能见到的照片来看，斯泰因容颜出众，热衷波西米亚的古怪装束。只是她对男人不感兴趣，男人被她吸引，是因为她非同一般的艺术见解和对时代的深刻认识。

有点意外的是，斯泰因并非我们想象的那样富裕，每月只能收到家族信托基金拨给他们兄妹的一百五十美元。这笔钱可以让他们过得舒适，要分出大部分购买艺术收藏就不免捉襟见肘。所以，他们极少将钱花在衣着打扮上，内在的艺术素养已使斯泰因具有出类拔萃的气质，没有哪个从美国到巴黎的作家、艺术家不愿意进入斯泰因的客厅。后来获得诺贝尔文学奖桂冠，当时尚默默无名的欧内斯特·米勒·海明威便是最有代表性的一个。

三

海明威去巴黎时才二十出头。对阅人无数的斯泰因来说，海明威的气质与对文学的野心无不让她一眼发现这个青年人身上蕴含的能量和价值。二人很快建立起名正言顺的师徒关系。海明威从斯泰因那里不仅获得了文学滋养，还收获了珍贵的友谊。在斯泰因帮助下，海明威学会不少写作技巧，乃至他后来由衷说道："我只从斯泰因一个人那里学会了写作。"

不仅是作家，甚至史上留名的流派也从她的客厅走出。

以一己之力，斯泰因影响了时代的艺术，时代本身也在她的客厅外天翻地覆。终于来临的第一次世界大战对欧洲和世界历史的影响巨大，整个欧洲的战后现实就像 T. S. 艾略特后来在《荒原》中所写的那样，"我没想到死亡毁灭了那么多人"。现代战争的残酷摧毁了一代人的精神。不可想象的屠杀竟然会是现实。苦闷造就时代的心灵，海明威终于写下他的第一部长篇小说《太阳照常升起》。在这本使他一举成名的小说扉页上，他题下了"你们都是迷惘的一代"的宣言。他标注得清清楚楚，这句话来自斯泰因和他的谈话。斯泰因能说出该言，就在于她除了客厅，还拥有对时代的亲身进入和认识。战争期间，斯泰因走出客厅，自己买了辆福特卡车，和女友为战地医院运送物资，一直到战争结束。几乎没有谁比斯泰因对时代有更精确的指认。能给时代命名的人，永远是将时代看得最透彻的人。可以想象，当海明威听到斯泰因的断言之时，内心涌起怎样的震动。除了“迷惘”，再没有第二个词可以概括那一代人的创伤和绝望，再没有第二个词能概括那一代人的人生体验和哲学思考。海明威的出发点根植在斯泰因的总结之下，就说明斯泰因对时代有自己十分清晰的看法。只不过，她本人太过于追求写作技巧上的求新制胜，所以她总结了时代却没有成为时代的代言人。这一代言位置，与其说是海明威用自己的小说赢取的，不如说是斯泰因的慷慨赠与。没有斯泰因，就不会有巴黎时期的海明威。

读海明威的《太阳照常升起》时我闪过一念头，小说中的女主角勃莱特有斯泰因的影子吗？斯泰因不是异性恋者，勃莱特携带的叛逆与男性化的思维举止往往会给我们以女权主义者的时尚表现。这些不恰恰是斯泰因身上所具有的明显特征？更说明问题的是，海明威的小说发表之后，他和斯泰因的关系出现破裂。是不是斯泰因对这部小说有未曾说出的想法？一切都不得而知。

四

自第一次世界大战结束之后，“迷惘”改变了人的情感和思维方式。充满激情的那一代人终于发现，艺术是人不堪一击的梦想。1922 年问世的《荒原》《尤利西斯》《杜伊诺哀歌》三部现代主义巅峰著作，显示了人从梦幻回到现实的残酷。我们今天可以说，1922 年是 20 世纪文学史上最伟大的年头之一，对生活在那个时代的人来说，又是梦想破碎的年头。当生活击败艺术，斯泰因的客厅便逐渐失去昔日的辉煌。在那里聚集过的伟大艺术家们走向生活的四面八方，他们有的取得举世瞩目的成就，有的从此走向人生的灰暗。对斯泰因来说，以艺术为核心的时代戛然而止，她也终于发现“弗勒吕斯街27号已成过去”，只是她没想到自己还将迎来“不合逻辑”的第二次世界大战。尽管战争期间，斯泰因住在比利宁和库罗兹，避开了德国人占领巴黎的耻辱。战争结束了激情与梦幻，带来现实和清醒。海明威1928年离开后再也没重回巴黎定居；名动一时的哈里·克罗斯和哈特·克兰自杀弃世；乔治·安瑟尔返回故乡，永远不再进入巴黎。巴黎曾经的花样年华让位给了芳年迟暮，唯独斯泰因，在战争结束后返回巴黎，直到1946年去世。

我有时会想象斯泰因晚年的孤独。车水马龙的盛况不再。一个从时代中心走过的人物，也许最有资格感叹人生的流逝与时代的变迁。围绕她的繁华落尽也是一个时代的彻底退场。有能力创造一个时代的人，很难再创造另外一个新时代。当我们回顾20世纪历史，真的会发现，在斯泰因的客厅群英聚集的时代是20世纪最令人留恋的时代。斯泰因当仁不让地成为那个时代的核心，不可能不使后人惊叹。

1997年，作家出版社出版过一套四卷本的《斯泰因文集》，除了那本叫《软钮扣》的随笔集，其他三本小说我都没有读完。我不以为斯泰因的文学成就有当时评论家眼中的那种高度。读不完她的书，但我想读她的人生。她让我想读的最主要缘由，是21世纪的今天再也没有斯泰因那样的客厅存在。

卡夫卡与城堡的距离

一

对现代派文学产生最大影响的，非弗兰兹·卡夫卡（Franz Kafka，1883—1924）莫属。

卡夫卡又特别不幸。一生酷爱写作，全身心投入其间，死后经马克斯·布罗德整理出版的三部长篇小说一部也没完成。我有时不禁会想，卡夫卡为什么没有完成它们？是时间不够？当然不是。他的第一部长篇《美国》动笔于1912年，到1914年搁浅，四年后投入第二部长篇《审判》的创作，第三部长篇《城堡》写于1922年。创作《城堡》时的卡夫卡距辞世还有两年时间。而且，卡夫卡写作速度不慢，一万多字的短篇小说《判决》仅耗时八个钟头。以这个速度来算，要写完任何一部长篇，时间都绰绰有余。那么是主题没想清楚？更不是。随便读卡夫卡哪部小说，都能发现它们绝非灵感偶至，而是充满意图。写作是意图的实现。就已完成的文本来看，三部长篇都已呼之欲出，只差一小步便可杀青。但卡夫卡难以置信地搁笔了，没有继续写下去。

卡夫卡为后世留下的谜团不少，譬如对父亲的恐惧，三番五次地订婚又悔婚等，这些事情原委在很多研究者那里能找到答案。卡夫卡没完成他的长篇，和他的生活并无关系。因此问题是，他时间有、意图有、主题有、写作经验也有，为什么他偏偏不写完？

二

对一个内心职业化的小说家来说，长篇小说总会寄托自己的最大野心，也最能表现自己最核心的思想。卡夫卡曾在日记里说过，“我内心有一个庞大的文学世界，如果不把它写出来，我感到我就要撕裂了”。无论何时去读，这句话都给人惊心动魄之感。如果连一部长篇小说都不能完成，伴随他的撕裂感会达到怎样的程度？他能够忍受吗？

我注意到，卡夫卡写作《城堡》那年，在日记里留有这么一句话：“用强力克制自己去写作。”仅看这句话，倒还真觉得卡夫卡是有意不写完。但他为什么要克制？一个如此热爱写作的人，一个用全部生命与写作搏斗的人，他的“克制”或许不是我们看到的那样单纯。字面是“克制”，内在也克制吗？

阅读卡夫卡小说，我最大的感受是，卡夫卡的确在写一个挤压内心的“庞大的文学世界”。这个世界和巴尔扎克同样堪称“庞大”的《人间喜剧》截然不同。巴尔扎克那样的现实主义作家刻画的是生活本身。没有生活，就没有巴尔扎克的世界，没有他笔下那么多栩栩如生的人物。卡夫卡笔下也有人物，那些人物却像来自另外一个世界。尽管卡夫卡的人物穿着和他同时代的衣服，做着同时代人做的事情，他们倒从不和巴尔扎克似的生活发生冲撞——不是某个人开印刷厂失败，不是某个人被越狱犯教唆，不是某个人诡计多端地谋夺遗产，不是某些记者利用手中的权力来打压或吹捧某位作家……卡夫卡没有巴尔扎克那样丰富的人生经验，描绘不出广阔的生活画面，也就无法让自己站在从典型环境中刻画典型人物的作家之列。

简言之，和巴尔扎克们的小说相比，卡夫卡达不到那种生活的广度。

三

没有广度，卡夫卡另辟蹊径，将写作的笔尖转向纵深，让小说的冲突集中在内心与内心的冲撞之中。在《判决》中，格奥尔格与父亲的冲突是父子间的内心在发生冲突；《变形记》中的萨姆沙是在变成甲虫后自我内心发生冲突；《在流放地》中，是人和一件刑具的功能发生冲突；等等。这些冲突不再是现实主义作家们描写的人与社会的冲突……不过，卡夫卡的人物就不置身人与社会的冲突了吗？认真来看，他笔下的人物也在和社会发生冲突，只不过，卡夫卡将冲突小心翼翼地挪到被冲突掩盖的另外的主题之上，那就是人在社会中生活，前者的脆弱与后者的强大会发生什么关系。卡夫卡的方式是拒绝传统，不刻画人物的任何外在，无论我们怎么读，也不知道格奥尔格长什么样、有什么习惯，不知道所有人的来龙去脉，到后来的《城堡》时，我们甚至不知道卡夫卡笔下的主人公究竟叫什么名字。一个字母“K”就表示了人的全部。在卡夫卡笔下，所有人只用最细微的触须撩拨生活最本质的一面。一旦如此，碰触的无不是生活细微处的荒谬。越发现荒谬，荒谬就越庞大，越抒写荒谬，卡夫卡的创作就越具寓言性——从《伊索寓言》开始，承载荒谬的最佳文体不就是寓言？只是，古典时期的寓言几乎是讲道理的故事。卡夫卡全力以赴的，是通过貌似寓言或不乏寓言色彩的现代叙事，将沉埋最深的荒谬连根拔起。读者对卡夫卡感到陌生，是面对这一手法感到陌生；读者熟悉卡夫卡，是因为这些荒谬从来就存在，只是没几个人在卡夫卡前将它们直接从生活中和盘托出。20世纪的所有文学流派都奉卡夫卡为鼻祖，不就是因为卡夫卡为他们开辟了这一条文学的新隧道吗？

最令我感到惊诧的是，卡夫卡还颠覆了小说写作的一条重要原则，那就是不刻画人物性格。卡夫卡只将人的行为一板一眼地呈现，没有人知道行为人有什么性格。令读者紧张的只是事件，事件的原由又被他不经意地推开。在《审判》中，我们永远不知道约瑟夫·K究竟犯了什么罪。卡夫卡的叙述重心是主人公被提出诉讼后寻找罪的来历。小说令人迷惑与迷恋之处都集中于此。在西方哲学里，人无不携带原罪，卡夫卡通过小说，似乎要叙述人与罪之间的先后关系。约瑟夫·K的全部行为是寻找，结果注定无法找到，这一点和《城堡》非常类似。没有人知道《城堡》中的主人公K因何来到当地。卡夫卡让他冒充测量员，究竟想让他测量什么呢？更不可思议的是，他要到达的城堡明明一眼就能看到，K第一次想进去时，走了整整一天都没有到达。随着小说的叙事推进，每一个读者都能发现，K永远到达不了城堡。我们不禁揪心这些神秘莫测的感受，它们又正好表现出现代生活最强烈的孤立感与绝望感。所以卡夫卡的小说就像寓言，抵达的是现代人最真实的内心感受。作为一种文体，小说在卡夫卡手上产生别具一格的现代感，就在于他描写的是每个人都看见但只有看到深处才能感受的某种生存境况。

但它和卡夫卡未完成自己的长篇有什么关系？

从他公认的代表作《城堡》来看，K始终走不到城堡，城堡就不可避免地拥有某种隐喻。它真的是喻示布罗德率先说过的官僚机构吗？我们绝不陌生，无数已成名著的著作，有不少内涵并非来自作者初衷，而是评论家与研究者们的提炼和挖掘结果。譬如艾略特在晚年就架不住出来说《荒原》根本没有评论家们阐述的那些意思。对卡夫卡来说，《城堡》的含义是不是果如后人所论？卡夫卡自己没解释过城堡是什么意思，正如莎士比亚没解释过哈姆莱特究竟具有什么性格。卡夫卡喜爱孤独，他也承认，“我必须常常孤独。我已经做成的事，是一个独处的成果”。如果他的独处就是为了写作，是不是写作本身，在卡夫卡那里有超出我们预料之外的含义？

四

认识一个人的最佳途径莫过于阅读他的日记。卡夫卡的日记令我感到震惊。似乎日记的功能在他那里从来不是为了记录每天的行为和发生的事情，而是记录自己每天的所思所想。读卡夫卡日记，几乎就是读一部溢满思想浆汁的随笔集。难以想象一个人能如此每天记录下自己的思想。只不过，卡夫卡思想的核心主题只有一个，那就是写作。早在创作《美国》之前的1911年12月8日，他在日记中写道："我现在有，而且下午已经有过一个大的愿望，写出完全出自我内心的全部恐惧不安的状态，这种状态正像是来自深处，进入纸的深处，或者是那样地将它写下来，使我能够将这个写下来的东西完全并入我的身上。"

有谁像卡夫卡那样，最大的愿望就是"进入到纸的深处"？他去那里干什么？答案当然是进行写作。似乎只有不断写作，卡夫卡才能找到自己活着的意义。他好几次悔婚，说他是害怕生活固然不错，看他的日记，又能发现更深层的原因，"在我的妹妹们面前，我强大有力，平时只有在写作时才会这样……假如我经妻子的中介能在所有人面前都这样，这该有多好！但是这样一来，写作不会失去了这些东西吧？千万别这样，千万别这样！"卡夫卡的音调在这段话中越来越乱。订婚是为了结婚，悔婚却是为了写作。这样的事，丹麦哲学家克尔凯郭尔已经在19世纪干过一次。卡夫卡接着干，并非受丹麦哲学家影响，说他将自己的命运已自觉转换成写作本身的命运更为恰当。

他用日记坦承了理由。

"我不能写下去了。我已经处在最终的边缘。在它的前面，我大概又应该成年地坐着，也许然后开始一个新的、又是没有结束就搁在那里的故事。这样的命运追逐着我，我又变得冰冷、无聊……”这段话出自他1914年11月30日的日记。这一年他放弃了《美国》的后续写作。他所说的“不能写下去了”是不是针对《美国》姑且不论，被“这样的命运追逐着”的“我”的感受却始终贯穿卡夫卡的写作生涯。在提笔写第二部长篇《审判》之前，卡夫卡在日记中写道：“我感到的是自己的孤立无援，像个局外人似的。但那种引起我最微不足道的写作的坚定性是不容置疑的，而且是不可思议的。”这些话令人诧异，既然他“写作的坚定性是不容置疑的，而且是不可思议的”，为什么又放弃完成《审判》呢？约瑟夫·K始终在寻找自己的罪，到临死前也没有找到，是不是可以说，他耗尽心力，也没有抵达他要抵达的答案？这和《城堡》中的K惊人的一致，K永远抵达不了城堡，也就是抵达不了自己的目的。在写作《城堡》的1922年，卡夫卡在1月19日的日记中有句意味深长的话：“你在这些日记里找到了对我有决定性的东西吗？”

卡夫卡在问，我们就不得不想，卡夫卡究竟在问什么？对他“有决定性的东西”难道不是一目了然吗？除了写作，还有什么？从卡夫卡提笔写作的那一天开始，写作就成为了他的全部。除了这一行为的存在，卡夫卡不需要任何其他的存在。他全身心拥抱的，不是父母，不是和他订婚的女人，而是写作本身。所以他从没在乎他笔下人物有什么性格，只在乎他们的行为，他渴望他们的行为有一个结果——写作本身能够给出什么结果呢？“写作结束，它什么时候再召唤我呢？”这一自问是不是反映了卡夫卡对写作的绝望？如果写作本身让他绝望，他笔下的人又如何不充满绝望？

五

长篇小说没完成的线索就在这里显露出来。往卡夫卡行为深处打探，卡夫卡将写作行为几乎等同于他笔下的人物行为。约瑟夫·K 寻找罪，是不是像卡夫卡寻找写作？在卡夫卡这里，写作等同于罪最自然不过，他为了写作而悔婚，为了写作和父亲发生对立，都难以避免地让他将写作看成罪的存在。约瑟夫·K 在寻找后绝望直至受死，是不是等同于卡夫卡对写作的最终绝望？卡夫卡日记最令人惊心的句子是："在写下东西的时候，感到越来越恐惧。这是可以理解的。每一个字，在精灵的手中翻转——这种手的翻转是它独特的运动——变成了矛，反过来刺向说话的人……而且如此永无止境……"

在卡夫卡之后的作家中，有谁对写作本身有如此深刻的体会和表达？是不是这种"恐惧"，才让卡夫卡不得不"用强力克制自己去写作"？写作和他，永无止境地发生相互作用。他将写作本身化作自我本身。人很难进入彻底的自我，否则"认识你自己"的箴言如何会流传千古？在卡夫卡那里，写作本身，是他无法到达的某个自我深处。K 抵达不了城堡，难道城堡的喻意不可以说是卡夫卡以为的写作象征吗？

我的看法的确如此，"城堡"就是卡夫卡的写作象征。K 到达不了城堡，一如卡夫卡自认他到不了写作本身。所以，他一边写《城堡》，一边才会在日记里说道："我从我自己身上送出了报复者（一个特别的我：右——手——不——知道——左——手——干——什么）。"这像是卡夫卡的矛盾，全身心投入写作，同时又知道自己永远抵达不了写作。

“随着时间的流逝，我打算弄清楚我的不幸，但没有成功。”这是任何一个其他小说家不可能说出的句子，我们从这些句子中能发现，没有第二个作家像他那样，在写作的深入中认识到写作是刺向自己的矛。这一难以忍受的攻击来自自己的热爱，甚至就是来自写作与自己融为一体的自身，除了在左支右挡中将自己全部耗尽，难道还会有第二个结局吗？如果他能写完三部长篇中的任何一部，对卡夫卡来说，就是对写作本身的完成了。但是完成，在卡夫卡这里是永远不可能实现的荒诞，如同他笔下的人，每一个都只能置身荒诞，没有谁能摆脱。

没有谁像卡夫卡那样渴望抵达写作，所以他用最具力量的长篇小说对写作发动了三次全力以赴的进攻。在最后的《城堡》中，卡夫卡将主人公K的身份设定为虚假的测量员，是不是他想测一测自己和城堡的距离？测一测自己和写作的距离？注定失败的测量就注定他永远无法完成。卡夫卡对后世的影响如此之巨，是不是也包含了他在代替所有的作家将他们与写作本身之间的距离进行了测量？测量每天都在发生，今天谁敢说自己完成了？又有谁敢说自己真的到达了？

梅列日科夫斯基与蒲宁的诺奖之争

一

俄国文学界素来天才辈出。从亚历山大·谢尔盖耶维奇·普希金开始的黄金时代到20世纪初期的白银时代，层出不穷的名流巨匠令读者目不暇接。当诺贝尔文学奖设立之后，瑞典皇家科学院就有意将1901年的首届诺贝尔文学奖颁给全球无人能与争锋的列夫·托尔斯泰。我读到过两种托尔斯泰与诺奖无缘的说法，一是评委们需紧扣诺贝尔遗嘱，要将文学奖颁给“创作出具有理想倾向的最佳作品的人”。托尔斯泰的作品虽属“最佳”，却看不到“理想倾向”——事实上，诺贝尔所言的“理想”究系何指也没明确界定——托尔斯泰与诺奖价值观的相悖使他与该奖擦肩而过。二是托尔斯泰个人对诺贝尔文学奖的拒绝。在他看来，真正献身文学的人应该将自己的作品交给全人类，使之成为一份共同的人类遗产。诺贝尔文学奖的设立让托尔斯泰不安地看到，在巨额奖金引诱下，全球作家将不可避免地将写作目的降低为对这一文学奖项的角逐。为文学奖写作还是为人类写作，在托尔斯泰眼里无须争辩的。因而诺奖本身，与托尔斯泰思想完全背道而驰。从托尔斯泰一生的行为，尤其晚年放弃全部作品版税导致与妻子反目，最后离家出走来看，托尔斯泰拒绝提名或许更符实情。

诺贝尔文学奖绝不会因为托尔斯泰的缺席而失去它的全球影响力，也不管有多少人惋惜它的名单上还缺失爱弥尔·左拉、安东·巴甫洛维奇·契诃夫、亨利克·易卜生、奥古斯特·斯特林堡、弗兰兹·卡夫卡、马赛尔·普鲁斯特、詹姆斯·乔伊斯、豪尔赫·路易斯·博尔赫斯、弗拉基米尔·纳博科夫、伊塔诺·卡尔维诺、弗吉尼亚·伍尔夫、马克西姆·高尔基，甚至鲁迅等，都无损它世界第一文学奖的光环。托尔斯泰的担忧倒是成了现实。诺奖设立之后，全球作家都展开对它的公开竞争，尤其对俄罗斯作家来说，面对托尔斯泰与费奥多尔·米哈伊洛维奇·陀思妥耶夫斯基联手缔造的全球文学巅峰，让他们无不渴望加冕这顶桂冠，使自己成为俄罗斯文学再现辉煌的代表。

因此，谁能第一个摘取诺贝尔文学奖就成为那些在世俄罗斯作家们的追逐目标。在今天来看，那些具有问鼎实力的作家名字无一不在世界文学史上熠熠生辉。奥西普·曼德尔施塔姆、安娜·安德烈耶夫娜·阿赫玛托娃、玛琳娜·伊万诺夫娜·茨维塔耶娃、谢尔盖·亚历山德罗维奇·叶赛宁、安德烈·别雷、米哈伊尔·阿法纳西耶维奇·布尔加科夫、伊万·亚历克塞维奇·蒲宁（Z.A.Bunin，1870—1953）、德米特里·谢尔盖耶维奇·梅列日科夫斯基（D.S.Merezhkovsky，1865—1941）、列·

安德列耶夫、鲍·皮利尼亚克、巴尔蒙特·康斯坦丁·德米特里耶维奇、尼古拉·亚历山大罗维奇·别尔嘉耶夫、叶夫根尼·伊万诺维奇·扎米亚京等，正是这些人的名字，构成我们今天避不开的俄罗斯白银时代。白银时代又和俄罗斯社会革命联系在一起。“十月革命”之后，多数对布尔什维克革命无法理解的文人或主动或被迫流亡异国。对他们来说，不论是身在祖国还是身在欧洲，继承托尔斯泰和陀思妥耶夫斯基的精神遗产至关重要，不少人也以他们的传人自居。

二

需要指出，那些身在异乡为异客的作家不是我们想当然的那样在抱团取暖。曹丕所言的“文人相轻”决不仅限于某个时代和某个国家，它适用所有的时代和所有的国家。譬如巴尔蒙特和茨维塔耶娃就在巴黎被同胞们挤得无路可走，留下来的作家们也形成各自的文学圈子。其中梅列日科夫斯基和妻子季娜伊达·吉皮乌斯两人组织的“星期天集会”最为引人注目。梅氏夫妇和其他流亡作家一样，既才华横溢又雄心万丈，企望建立一种全新的世界观，以此获取文明史上的崇高地位。要获得这一地位，摘取诺贝尔文学奖桂冠是最直接的路径。

从文学实力来看，梅列日科夫斯基完全够资格赢得瑞典皇家科学院评委们的垂青。其创作实绩令人叹为观止，不论作品之丰富，还是思想之深刻，都堪称大师手笔。更令人惊讶的是，梅列日科夫斯基的创作题材几乎无所不包，人物研究就有《托尔斯泰与陀思妥耶夫斯基》《果戈理与鬼》这样的巨著，文学创作除诗歌之外，还有长篇小说如《基督与反基督》三部曲，此外还有《亚历山大一世》《保罗一世》《拿破仑传》《但丁传》等传记，以及以《永恒的伴侣》为核心的大量不计其数的思想文论。早在三十多岁出版的全集就多达难以置信的二十四卷。纵观诺贝尔文学奖获奖人员名单，可与梅列日科夫斯基成就比肩的作家还真寥寥无几。更重要的是，梅列日科夫斯基没有哪部创作是简单的叙事，他自觉将所有作品置入欧洲文化的整体之下进行研究和承续。为达到自己渴求的巅峰，梅列日科夫斯基坚持每天写作四小时，其余时间都交给阅读和与人辩论，尤其是和五十年未分开过一天的妻子吉皮乌斯——两人都将大量时间花在辩论上，即使在公开场合，夫妻也会为思想问题唇枪舌剑，互不相让。这不仅丰富了两人的精神世界，也进一步拓宽了两人的思想视野和写作广度。在今天面对梅列日科夫斯基的作品时，我们会惊讶地感到他对欧洲思想介入之深，已达到他人罕及的地步。就连声名赫赫的哲学家尼古拉·亚历山大罗维奇·别尔嘉耶夫也承认梅列日科夫斯基知识之渊博，无人能够企及。在近百年之后的今天，我们可以说，除了梅列日科夫斯基，不会有第二个人能写出《基督与反基督》那样的三部曲，也没有谁对托尔斯泰和陀思妥耶夫斯基的研究超越了梅列日科夫斯基的论涉范围。

不论成就也好，影响也好，梅列日科夫斯基都认为自己是诺贝尔文学奖的必然人选。他自己也从未掩饰过对诺奖的期盼，即使在“星期天集会”上，他也信心满怀地公开说过，“人总想获得他渴求的，永不放弃，白天黑夜，睡着醒着，每一秒都在渴求，比如我想获得诺贝尔奖”。

一个人才华再甚，也不是想获奖就能获奖。命运从来不会在任何时代让某个人独占文学鳌头，就像有李白就有杜甫，有托尔斯泰就有陀思妥耶夫斯基一样，在流亡文学中有梅列日科夫斯基，就一定有与他比肩的人出现。这个人便是蒲宁。

三

蒲宁和梅列日科夫斯基一样，对“十月革命”充满恐惧，于是流亡欧洲。蒲宁也经常参加梅列日科夫斯基的“星期天集会”。梅列日科夫斯基对蒲宁不大瞧得上。在梅列日科夫斯基眼里，蒲宁算什么呢？不过是会写诗歌和小说的才子而已，他的作品未必在陀思妥耶夫斯基留下的思想体系里有所继承和发展。思想不深刻，又如何能入梅列日科夫斯基的眼？就蒲宁作品来说，更可能是继承了伊凡·谢尔盖耶维奇·屠格涅夫的衣钵，就像我国翻译家戴聪先生所说：“蒲宁的作品什么地方令我如此强烈地着迷：是他咏景的奇才，把俄罗斯秋天的萧疏索寞，冬日的瑰丽雪景，初春的温柔、羞涩、泥泞、丑陋，夏日的苍润华滋无一疏漏地呈现在我眼前？是他作品中意象悠远、深婉含蓄、发人遐思的哲理感慨？是他细腻入微、真情弥笃、相濡以沫的爱的描述？是他小说中所营造的一出出完美的、让人扼腕喟叹的悲剧的氛围？”这段话完全能置换为描述屠格涅夫的散文和小说。尽管和屠格涅夫相比，蒲宁的个人经历比屠格涅夫更为跌宕，但复杂的经历不一定能造就他思想的超越。还是用戴聪的话来说，他第一次读到蒲宁小说时就“浑身为之一震，原来俄罗斯现代文学中，除了卓娅、舒拉、保尔、奥列格之外，还有我未曾见到过的世界，还有我所未曾读到过的把人作为人来描写、细腻地触及人性，因而令人回肠荡气的小说”。戴聪先生的话的确说出了蒲宁小说的魅力核心，但仅仅“触及人性”和“令人回肠荡气”，难说作品就能达到了不起的高度。套用英国小说家 E.M. 福斯特的修辞手法，一旦将蒲宁的小说放在陀思妥耶夫斯基小说的拱门下，立刻便显示出那些小说的思想深度尚不足匹敌前人。

所以，当有人提出梅列日科夫斯基想获诺贝尔文学奖的竞争对手有蒲宁之时，梅列日科夫斯基极为惊讶地回答：“蒲宁？难道他算得上真正的竞争者吗？他不过是描写日常生活的作家，极其乏味地记录下生活中各种枯燥无味的琐事，加上早已令人大倒胃口的落日、降雪、日出和雨中的傍晚。谁需要这些？谁感兴趣？《阿尔谢尼耶夫的生活》？对一个碌碌无为的贵族子弟的冗长描写，也堆满了对自然的描写。再有两三卷乏味的小说集和受到称赞的《乡村》。”

这段话与其说是梅列日科夫斯基对蒲宁的不屑，不如说是他站在自己的思想高处，更准确地看到蒲宁作品的局限。他眼里的局限却不是所有人眼里的局限，为蒲宁入迷的大有人在。早在 1922 年，罗曼·罗兰就向瑞典皇家科学院推荐蒲宁为诺贝尔文学奖候选人。当蒲宁流亡欧洲之后，更有不少颇富声望的名流为他能获诺奖积极活动，其中还包括诺贝尔的侄儿伊凡·诺贝尔。梅列日科夫斯基虽然没把蒲宁视为真正对手，有关蒲宁将获奖的传言还是使他不安。诺贝尔奖已经设立三十多年了，至今没颁给任何一位俄罗斯作家，如果谁能获得，第二个获奖的很可能不再是同时代人。梅列日科夫斯基在学识上罕有人及，现实生活中却不免有些稚嫩。在1932年春天某次“星期天集会”中，梅列日科夫斯基向蒲宁提议：如果他获奖了，奖金分一半给蒲宁，同样，如果蒲宁获奖，则分一半奖金给他，还建议两人当众发誓。在梅列日科夫斯基看来，这是他对蒲宁的慷慨，因为获奖者只会是他。没料到，蒲宁断然拒绝梅列日科夫斯基的建议；更没料到，蒲宁还以不屑的口吻要梅列日科夫斯基“走着瞧”。蒲宁的回答使梅列日科夫斯基产生怎样的意外和尴尬姑且不论，我们能够想象的是，梅列日科夫斯基提出建议时只怕有种高高在上的姿态。对蒲宁来说，这种姿态实在难以忍受。不论怎么说，他出入梅列日科夫斯基的“星期天集会”，都是给后者支持，而他的支持始终只换来轻视。当时的蒲宁毕竟不是无名之辈，作为一个作家的尊严在梅列日科夫斯基那里却从来就没得到过尊重。书生气十足的梅列日科夫斯基不止一两次公开说过，蒲宁作品最适合充当他失眠时的药品，而且“效果好极了”。

所以，当梅列日科夫斯基的建议说出来后，蒲宁抓住了反击机会。如果说蒲宁的拒绝是在梅列日科夫斯基的天空上划过几道充满预示的闪电的话，那么紧接着的一声霹雳就货真价实地响在梅列日科夫斯基的生活当中。仅在建议平分奖金后的翌年秋天，坐在剧院看戏的蒲宁接到来自斯德哥尔摩的电话，当年的诺贝尔文学奖落到他的名下，他成为有史以来第一个荣获诺贝尔文学奖的俄罗斯作家。瑞典皇家科学院的认可就是全球的认可，如此再没有谁敢说蒲宁的作品只具有催眠功效了。

四

无法知道梅列日科夫斯基夫妇得知蒲宁获奖后的第一反应。从事实看，梅列日科夫斯基显示了他的风度，他确认消息后立刻前往蒲宁居住的旅馆。蒲宁没在房间，“诺贝尔文学奖得主”的光环使他的时间不再属于他自己。个性尖刻而让无数侨民作家反感的吉皮乌斯又开始她的尖酸发言：“没被接见。没有目睹风采的荣幸。当然了，伊万骄傲了，现在他的腿不会再迈进我们家的门槛。”蒲宁如何会放过让梅列日科夫斯基夫妇“目睹风采的荣幸”？从斯德哥尔摩回到巴黎的蒲宁主动登门，那天正好是梅列日科夫斯基夫妇照常进行“星期天集会”的日子。蒲宁的到来让所有人惊慌失措。这里的人都是梅列日科夫斯基的支持者。终于扬眉吐气的蒲宁傲慢地撇着嘴、居高临下地打量众人，接受祝贺时如在颁发恩赐，落座后便对“集会”之人生动而得意地讲述自己的瑞典之行和颁奖仪式。颇富戏剧性的是，谈话间冲进来一个梅列日科夫斯基的崇拜者。后者进门就冒冒失失地大喊诺贝尔奖颁发给蒲宁是一件无耻之事，甚至是“世界末日到了”，他还没喊完就看见带来“世界末日”的蒲宁竟然在场，又不得不面红耳赤、尴尬地向他表示祝贺。蒲宁讽刺地答道：“亲爱的！感谢您真诚的祝贺！”

无意掩饰胜利之情的蒲宁离开之后，再也没有踏进过梅列日科夫斯基家的门。对他来说，和梅列日科夫斯基的高下已分，给失败者的羞辱不会再多了。事情也果如梅列日科夫斯基所料，他从此永远地失去了诺贝尔文学奖，尽管他曾经得到四次提名，比蒲宁还多一次。但提名不是获奖，在奖项的光环之下，梅列日科夫斯基不得不屈居自己瞧不起的蒲宁之下。据说当时巴黎的俄罗斯侨民欣喜若狂，就连从来没读过蒲宁小说的俄裔搬运工都赶来祝贺。

蒲宁引发的盛况让我们能够想象梅列日科夫斯基的内心嫉恨。不论托尔斯泰当年的预料多么不安，我们需要面对的事实是，从 1901 年开始，诺贝尔文学奖已成为之后的任何时代都无法绕过的全球事件。获奖与未获奖的差别在于一定时间内的话语权和个人价值的存在。就知识的渊博性和对白银时代的影响而言——尤其在今天来看，梅列日科夫斯基远超蒲宁，任何人提起白银时代，与它融为一体的梅列日科夫斯基的名字会被首先想起。我们今天或许能说，愿意感受 20 世纪俄罗斯风土人情的读者，会继续捧起蒲宁的诗歌和小说；愿意探究一个时代的思想深度和想探究欧洲思想史发展脉络的人，又决不可能放弃梅列日科夫斯基的著作。两人究竟谁将占据更高的历史地位，还需要更漫长的时间，让时间本身作出回答。诺贝尔文学奖只是一个奖项，回顾它的百年历史，不是每一个获奖者的作品都会唤起我们今天的阅读兴趣，更多的或者只是面对那个获奖名单上的某个名字。对梅列日科夫斯基这样的创作者来说，他不会仅要一个虚名，他的雄心是成为陀思妥耶夫斯基的思想继承者，让自己的思想能到达他自信能到达的不朽。他曾经说过："别把我钉进棺材里，我死后仍想活！"这句话让我不禁想起墨西哥诗人奥克塔维奥·帕斯在 1990 年获诺贝尔文学奖后接受采访时说过的一句清醒之言，"诺贝尔奖不是通往不朽的通行证"。

博内街乙11号的吉皮乌斯

一

到巴黎之后，季娜依达·吉皮乌斯（Zinaida Gipius，1869—1945）就好像没离开过博内街乙11号。那幢房子是她和丈夫德米特里·谢尔盖耶维奇·梅列日科夫斯基租住的住宅。将一生只交给写作与思考的梅列日科夫斯基居然战前就会在巴黎租房，有点令人意外。“十月革命”后到巴黎的俄国作家不少，租房而住的人还是不多，哪怕是后来获得诺贝尔文学奖的流亡作家伊凡·亚历克塞维奇·蒲宁，他的巴黎岁月几乎是在旅馆中度过的，丰厚的诺奖奖金也没让他想去买套住宅。所以，当梅列日科夫斯基流亡巴黎后就幸运地说：“现在它有用了！巴黎闹房荒。要是现在我们没有住宅，那可怎么办？”

20世纪的前二十年，巴黎会聚的俄国侨民众多，知识分子占据绝大多数。对那一代俄国学人而言，接二连三的政治运动和无休止的社会动荡加剧了俄国人面临抉择的彷徨情绪。精神探索与时代危机的冲突，使梅列日科夫斯基夫妇在国内时就组织沙龙，探索俄罗斯未来的“新路”；到巴黎后，肉体与精神的双重漂泊，更使他们致力探索人类精神失落的根源。他们像在俄国一样，在巴黎博内街乙11号继续组织集会。沙龙的日期固定在每周星期天，该沙龙遂被命名为“星期天集会”。

在今天回顾历史，梅列日科夫斯基夫妇的“星期天集会”堪称磁石，吸引了一大批前来参加的文化精英，其中包括蒲宁、霍达谢维奇、别尔嘉耶夫、舍斯托夫、苔菲、瓦尔沙夫斯基、沙尔申、扎伊采夫、阿达莫维奇、克伦斯基、马姆琴科、波普拉夫斯基、杰拉皮阿诺、伊万诺夫和奥多耶夫采娃夫妇等。奥多耶夫采娃对集会的房子有所描述：“一幢典型的资产阶级公寓，十足的资产阶级的住宅。尽管寓所稍嫌简陋，布置得没有品位，但书架上摆满了书。”每到星期日，登门参与讨论的人络绎不绝，展开的话题无所不包。社会的、政治的、文学的、宗教的，没哪样会是梅列日科夫斯基痛恨的“庸俗题材”。作为主人，梅列日科夫斯基夫妇自然是辩论的核心人物。

二

早在国内，梅列日科夫斯基就闻名欧洲。吉皮乌斯未受过高等教育，她给梅列日科夫斯基的初见感觉甚至是“土气”。自然，我们可以从吉皮乌斯的诗歌和随笔集《往事如昨》《梅列日科夫斯基传》等著作中见识她的才华。客观来说，嫁给梅列日科夫斯基，是吉皮乌斯能够走向知识阶层核心的重要因素。关于他们的婚姻，最令人惊讶的是，两人自结婚之日到梅列日科夫斯基去世，整整五十年里，从未分开过一天。似乎两人要用事实反驳弗朗索瓦·德·拉罗什富科在《箴言录》里所说的那句“世上存在美好的婚姻，但不存在令人惊叹的婚姻”。有可能让他们分开一次的事情是夫妇俩应墨索里尼邀请前往罗马，返回后发现皮箱钥匙忘记带走，不得已，两人又只得破费两张卧铺车票钱重回罗马。他们后来对朋友们抱怨此事，有人说为什么不让梅列日科夫斯基一个人回去取时，吉皮乌斯的回答像是听到不可思议的天方夜谭：“那怎么成！绝对不行。不可思议！让我们分开一夜？这种事我们结婚后还没发生过，但愿以后永远也不会发生。”

二人以后也的确没有发生过分开的事，若有人就此以为他们琴瑟和谐又会犯想当然的错误。双方都坚持拥有完全自由的个性，这使他们彼此争吵，最后达成的协议是分房而居。梅列日科夫斯基虽以勤奋闻名，仍始终保持早睡早起的习惯。灯下熬夜是吉皮乌斯的习惯，乃至梅列日科夫斯基婚后诗歌处处流露爱情与自由的针锋相对。关于梅列日科夫斯基不能过性生活的飞短流长也四处弥漫。令我意外的是，美国学者罗森塔尔在其著作中提到 1900 年左右，一个叫非洛索佛夫的人曾和梅列日科夫斯基夫妇形成公开的“三口之家”，这不免让我想起符拉基米尔·符拉基米罗维奇·马雅可夫斯基爱上布里克的妻子莉丽而三人同居的故事。两个家庭的丈夫都没有和闯入者发生争吵。

到巴黎之后，吉皮乌斯经常邀约诗人格奥尔吉·弗拉基米罗维奇·伊万诺夫到她房间谈至深夜。那时吉皮乌斯年事已高，两人也不可能传出风流韵事，但从中仍可见吉皮乌斯掌控一切的强烈个性。夫妻二人的角色完全颠倒，吉皮乌斯成为“丈夫”，梅列日科夫斯基则成为“妻子”。按魏宁格尔的说法，在这对令人惊叹的夫妻中，吉皮乌斯代表了男性的逻辑，梅列日科夫斯基则代表了女性的直觉。

在博内街乙11号的“星期天集会”中，吉皮乌斯也当仁不让地扮演强硬的“丈夫”角色，尽管参与集会的人都愿意聆听梅列日科夫斯基的灼见。毕竟，梅列日科夫斯基学识渊博，口才出众，充满吸引人的魔力。听他讲话几乎像听一次激情演讲。吉皮乌斯总喜欢随意打断丈夫，从她口中容易蹦出的常常是“我不同意”和“如果需要解释，那就不需要解释”。这两句话有时真还可以给人以深意，认真琢磨，却又苍白如纸。奇怪的是，每每在这时，梅列日科夫斯基会停下演讲，去听吉皮乌斯接下来的高论，然后再和她展开辩论。吉皮乌斯似乎并不觉得打断丈夫演讲有何不妥，就像她打断任何人的说话也不觉得不妥一样。也因此，在巴黎的吉皮乌斯令不少人反感，不仅是她在集会时表现的姿态，连生活中的样子也令人很不以为然。年逾花甲的吉皮乌斯仍喜欢将自己打扮成“颓废的圣母”模样。奥多耶夫采娃对吉皮乌斯的外貌有极为传神的描述，在早餐前的梳妆是“头发梳光，上过脂粉和胭脂”，外出散步时则“戴着一顶早已过时的古怪的宽边呢帽——有时戴小圆帽，帽檐遮住眉毛，一只眼戴着单片眼镜，昂首阔步，威风凛凛。走在阳光下，脸上厚厚的一层脂粉和胭脂便清晰地显露出来。她肩上永远披着一件带玫瑰的狐皮”。就连承认吉皮乌斯才华的列夫·达维多维奇·托洛茨基也忍不住讥诮地说过：“我不相信真有鬼怪，既不相信有鬼，也不相信有妖精，然而一想起季娜伊达·吉皮乌斯，我相信确实有妖精。”

这些话也许是托洛茨基的刻薄之言，吉皮乌斯也的确有令人难堪之处，譬如来参加“星期天集会”的人，个个都非无名之辈，吉皮乌斯总要摆出一种盛气凌人的架势。有个细节很说明问题，不论来客何人，吉皮乌斯都只好整以暇地给自己端起咖啡，从不问客人们想喝什么，除了茶，再没有其他饮品。对每一个进来的人，吉皮乌斯都会举起手中的单柄长眼镜，面无表情地将来客细看一番。可以想象，被吉皮乌斯如此居高临下打量的客人会产生怎样的心情。她大概没有想过，如果不是她丈夫，星期天的博内街乙 11 号还会有多少人愿意登门。

不过，吉皮乌斯始终保持自己在博内街乙 11 号的地位，任何进来的人都得服从她的安排。因左耳听力不佳，坐在她右边的人几乎是接受某种特殊待遇。有时候，待遇又会突然取消。某次苔菲来访，吉皮乌斯抬起单柄眼镜，以命令似的口吻对已坐在她右边的诗人费利津夫说，“请把您的座位让给娜杰日达·亚力山德罗夫娜！”尴尬的费利津夫只得起身另坐。吉皮乌斯对苔菲抱有真诚的友谊吗？也不见得。苔菲名气很大，在沙皇尼古拉二世眼里是唯一值得收入纪念罗曼诺夫王朝建立三百周年纪念册的俄罗斯作家。后来的斯大林也将她和蒲宁等而视之，并命令访问巴黎的伊利亚·爱伦堡劝说他们回国。在吉皮乌斯眼里，苔菲是文坛女作家中最有力的竞争对手，也是她很罕见的只在背后攻击的作家。所有人都喜欢苔菲，吉皮乌斯也就不得不将自己右边的座位给她。当得知著作等身的苔菲又有新书要出版时，箱底下压着十七部著作无法出版的吉皮乌斯不无嫉妒地讥讽苔菲写作“用不着削尖铅笔，您用的是自来水笔”。

三

从这些事情来探讨吉皮乌斯的性格的确有意思。一方面，我们可以说吉皮乌斯历来就性格怪癖，接近男性性格的争强好胜使她习惯以自我为中心；另一方面，吉皮乌斯文学造诣确实不低，尤其阅读量惊人，养成了瞧不起人的毛病。丈夫的名声使她的客厅成为时代精英们会聚的中心，从她的一系列言行来看，恐怕连梅列日科夫斯基也未必使她真心崇敬。丈夫逝世之后，出于对亡人的纪念，吉皮乌斯为他撰写了颇有情感的传记。奇怪的是，传记对他们的生活细节极少涉及，仿佛她写的不是那个和她度过五十载岁月的丈夫。从他们同代人的文字来看，梅列日科夫斯基性格同样高傲，除了对自己和妻子，谁也不爱。只是，他们分房而睡的婚姻真能使他们产生浓烈的爱情吗？没有谁进入过他们真正的生活，就连他们自己也很难进入彼此的思想。吉皮乌斯坦承，和丈夫生活了整整半个世纪，其实不了解丈夫。两个互相不了解的人很难说得上有真正的爱情。能够支撑他们的是共同的思想探索和政治抉择。难以想象他们五十年来无日不进行思想交锋。就思想来说，梅列日科夫斯基高出吉皮乌斯何止一筹？吉皮乌斯的傲慢个性未必会甘愿臣服，否则她也不会在丈夫谈话时想打断就打断。更可能的，是二人习惯了彼此陪伴。孤独对任何人来说都难以忍受，何况是永别家乡故国之人。或许对他们来说，彼此都是自己回不去的故土象征。

尽管吉皮乌斯个性尖刻，同时代人对她的创作还是有颇高的评价。瓦列里·雅科夫列维奇·勃留索夫认为她的诗歌“勾画出了现代心灵的全部体验”，安年斯基·伊那肯季·费多洛维奇更进一步认为她的创作“有着我们抒情的现代主义整整十五年的历史”。从作品来看，吉皮乌斯固然当得起这些评价。对只看作品的读者来说，一个作品被高度评价的人必然有非同凡响的人格魅力。从吉皮乌斯在博内街乙 11 号的行为来看，我们又觉得那只是一个令人反感的女人形象。事实上，当时在巴黎的俄国知识分子没有谁愿意接近吉皮乌斯，甚至都不知不觉地对她有憎恨之感。吉皮乌斯毫不在乎别人对她的感受。不憎恨她的人，她很难施以友好；憎恨她的人，会理所当然撞见她的冷漠和轻视。

我曾看过一张吉皮乌斯年轻时的照片，身材颀长，面容娇美，活脱脱一个俄罗斯美女，想象不出她晚年在博内街乙 11 号是什么“妖精”样子。梅列日科夫斯基的照片都是支颐端坐，眼神敏锐，闪烁智慧的光芒，胡须精致连鬓，看起来充满男性魅力。从好几个同时代作家的描述中，我们又得知梅列日科夫斯基其实身材瘦小，背驼如虾，一张脸总给人苍老之感。无怪《彼得堡》作者安德烈·别雷会暗示，吉皮乌斯嫁给梅列日科夫斯基和爱情无涉，仅仅是后者名满全欧，有公认的大师声望。

所以，再回想拉罗什富科的话，我们或许能说，“令人惊叹的婚姻”未必等于“美好的婚姻”，不管它的表面有多少令人惊叹之处。

对占据20世纪文学史重要位置的白银时代来说，博内街乙11号是无法绕过的重要构成。曾经在那里出现过的思想激辩，出现过的对未来俄国的预想，出现过的对世界历史的尖锐审视，无不激起后人心向往之的感受。我经常会想，如果有朝一日去往巴黎，我一定要去找找博内街乙11号，不知道那里是否会成为纪念馆或是干脆成为无人光顾的空宅。当我走进去，回想梅列日科夫斯基的思想激荡，必然令我肃颜，当想起吉皮乌斯在里面表现过的傲慢和颐指气使时，大概我又会忍不住微微一笑。

他是说谎者

一

1999年，学林出版社出版过俄罗斯作家格奥尔吉·伊万诺夫（Georgi Ivanov，1894—1958）的回忆录《彼得堡的冬天》一书。该书涉及白银时代诸多作家，伊万诺夫似乎想通过自己与他们的交往，给读者留下一幅幅作家肖像以及一些时代的逸闻轶事。身为尼古拉·斯捷潘诺维奇·古米廖夫一手创建的“诗人车间”中的重要一员，伊万诺夫完全有条件，也有才力刻画同时代的作家群像，毕竟那些人和他交往频繁，是他熟悉的对象。令人惊讶的是，伊万诺夫的著作刚一出版，立刻遭到包括安娜·安德烈耶芙娜·阿赫玛托娃、茨维塔耶娃、伊戈尔·瓦西里耶维奇·谢维里亚宁、曼德尔施塔姆夫人在内的很多人声讨，指责伊万诺夫行文虚假。在今天来读，伊万诺夫自认《回忆录》的著作确有不少出自他个人的虚构。

在文学史上，题为“回忆录”的书被责难为虚假极为罕见，尤其比较一些与他同时代作家撰写的回忆文章，我们也很容易看出伊万诺夫对大量事件进行了编造。在读者眼里，不论其文笔如何优美，既然是回忆，就不应有杜撰，更何况白银时代作家们携带的个人事件足够他如实来写。

因此问题是，伊万诺夫为什么要说谎？

作为诗人，伊万诺夫对今天影响不大，在当时却声名显赫，连白银时代巨擘德米特里·谢尔盖耶维奇·梅列日科夫斯基也认为伊万诺夫是当代第一诗人。以梅列日科夫斯基眼光之毒，不可能无根据地下此断言。我们今天能说，梅列日科夫斯基确实走眼了。任何一个时代都是这样，在当时占据十分显要位置的诗人作家，一旦时过境迁，往往被时间抛弃。不是说当事人在当时不该占据那样一个位置，而是时间最终会作出它的取舍。文学的神秘性也在这里，个人终究无法与时间抗衡。

因而更奇怪的问题是，如果伊万诺夫的著作是依靠谎言来维持的话，他这部回忆录又如何能穿透时间留下来，里面是不是还有其他因素取悦了时间？换言之，时间为什么喜欢伊万诺夫？他有什么与众不同之处吗？

二

在白银时代，伊万诺夫的确是一个人物，兴趣广泛，博览群书。我留意到他一生有三次重要选择，童年时他渴望成为画家，将伊·艾·格拉巴里的《艺术史》读得滚瓜烂熟；大学时又渴望成为化学家，成绩之优异，竟使化学老师将实验室的钥匙也交给他，允许他单独做实验；再后来，一次偶然的诗歌背诵课的经历使他下定了要成为一个诗人的决心。选择看起来容易，决定人的又不外乎是经历对自己性格的塑造。伊万诺夫的经历谈不上惊天动地，如果那一代人的经历都跌宕起伏的话，伊万诺夫也不过是其中的一员。共同经历的事情对个人会产生奇特的影响，就像一棵树上长不出两片相同的叶子，同理，相同的经历也造就不出两个性格一样的人。伊万诺夫的童年经历就与众不同。我们都能理解，童年对人的一生影响不小，尤其对一个诗人来说，童年经历会直接引导他今后的文学走向。

伊万诺夫童年时就心灵敏感。没有这一敏感，他在日后也成不了诗人。大概因为年幼，伊万诺夫母亲总是禁止他进入家中某个房间。对所有人来说，越是被禁止的，越引起人的好奇，童年时尤甚。于是，趁某天家里无人之际，伊万诺夫大胆走进了那间被禁止踏入的房间。房间内十分奇怪，除了衣柜，还有数不清的镜子。镜子互相映照，产生奇特的空间变形。伊万诺夫感觉自己一下子进入了空间交错的深处，不由吓得浑身发冷。这一感受能让我们想起豪尔赫·路易斯·博尔赫斯笔下的镜子。在博氏那里，正是镜子对万物的反映，造就了他创作中的神秘主义根源。对伊万诺夫来说，童年猝然面对一面面互映的镜子，似乎是到了一个无法返回的魔幻空间。真实感消失了，或者说，他以为和习惯的真实消失了。说真实消失又肯定不对，只是那些映照出的事物在四面八方同时出现，对敏感的伊万诺夫来说，感到的只会是陡然来临的恐惧。很多年后他承认，恐惧使他

"头一次感到类似灵感的东西"降临。从此以后，伊万诺夫对镜子不仅惧怕，还充满说不出的敌视，乃至看见镜子掉头就走。在他眼里，镜子里的自我和其他事物都变成了某种虚幻。

另一件对他影响至深的是他父亲之死。

伊万诺夫的父亲是波洛茨克公国贵族。年轻时效法祖辈报考军校，在步兵学校毕业后成为炮兵，参加过东方战争后，调入保加利亚国王组建的近卫军混合团，成为亚历山大·巴藤贝克国王的侍从武官，妻子也有"宫廷第一夫人"的美誉。夫妻的日子就在花天酒地的宫廷中度过。好景不长，巴藤贝克王朝覆灭之后，夫妻二人返回华沙，伊万诺夫父亲重新进入团队。在华沙的日子不再可能使他们过挥金如土的生活。在他们感觉生活难熬之际，命运又开始垂青这对夫妻，伊万诺夫父亲的姐姐去世，给弟弟留下巨额遗产，于是伊万诺夫父亲退役后成为地主。眼看好日子又将继续了，命运再一次收回对他们的眷顾，一场永远调查不清的火灾烧光了他们的全部家当。伊万诺夫父亲打起精神，想重振家业，采取的投资措施又无不以失败告终。为避免破产，状况越来越糟的一家之主带领全家迁往彼得堡，伊万诺夫的童年幸福也随之结束。

命运的打击没轻易放过他们。伊万诺夫父亲继续投资，证券业吞掉他们最后的财产。或许是因为奔波，或许是心理崩溃，伊万诺夫父亲突然瘫痪了。终于能起床时，他在某夜说要出门一趟。预感不祥的伊万诺夫哭着恳求父亲带他一起出门，却被从未拒绝过儿子任何请求的父亲断然拒绝。第二天，伊万诺夫的预感变成了现实，父亲从火车上坠车而死。很多年后他发现，父亲其实死于自杀，他在死前购买了大宗保险，以便让家人能继续过温饱生活。

这些非同一般的童年经历不可能不影响到伊万诺夫的性格形成。对他来说，经历的都是真的吗？房间里互相映照的镜子在反映他所见的现实吗？父亲的死是真的吗？没有谁愿意接受父辈的死亡。尤其是父亲。在一个孩子眼里，父亲意味着全部的依靠，他能给自己全部的安全，给自己全部的真实。我总觉得，在很多年里，伊万诺夫一直不愿意承认父亲真的死去了，觉得他随时会回来。死亡的可怕就在于一个活生生的人从身边永远消失，他的所有在我们面前仍历历在目。

不愿承认死亡，是不是就是不愿承认最高的真实？

三

对伊万诺夫来说，真实究竟是什么？该承认的是真实，不愿意承认的就不是真实吗？他所得知的和别人告诉他的，不一定让他觉得是真实，甚至他成年后发生的事也会让他觉得真实的存在可疑。流亡巴黎后，有一次他和化学家马克·阿尔丹诺夫闲聊。后者突然发现，伊万诺夫对化学竟然如此精深，不禁惊异地问伊万诺夫，为什么不告诉他自己是化学家的身份。伊万诺夫十分意外，那时他已是无人不知的诗人。他告诉对方，自己少年时喜欢化学，目前的化学知识不过是十四岁时学到的一些粗浅知识。阿尔丹诺夫无论如何也不信。事情虽小，我总觉得，它或许是伊万诺夫遇见的又一件触动内心之事。他少年时的确对化学有狂热的钻研劲头，终究没成为化学家，如今被一个货真价实的化学家指认为化学家，难道是他的身份在旁人眼里出现了置换吗？如果是，那么他在旁人眼里究竟是什么人？他究竟是谁？

或许，在伊万诺夫的生活中，始终就被这些真实与否的问题困扰。这些困扰造就了他奇特的洞察力和感受力，也造就他时刻想把自我掩藏起来的欲望。真正的自己究竟是什么样子，恐怕连伊万诺夫自己也找不到答案。他只是觉得，他不是别人眼里的他。如果说别人眼里的他不是真实的他，那么在他眼里，别人也未必就是别人以为的自己。难怪季娜伊达·吉皮乌斯把他称为“纯粹化学状态下的诗人”。就吉皮乌斯的说法来看，这种定义也充满模糊不清的暧昧。没有人说得清什么是“化学状态”——是不停地变化情感还是不停地更换面具？

伊万诺夫一生未找过工作，写作也只是想写时才写，这个想写的时候又十分稀少。我有时候总怀疑，伊万诺夫是不是在看似懒散的状态中，其实是像哲学家一样地思索自己和他人的真伪。他曾写过“我从空虚中创作杰作／听我朗诵的只有傻瓜和坏蛋”的诗行。对读者来说，难以想象一个人居然是在“空虚中创作”，我们由此又能够体会，这样的诗行不可能不来自伊万诺夫心灵深处。心灵深处的必然是真实。那么，他提到的“傻瓜和坏蛋”会是他真实的读者吗？将读者看成傻瓜，既可以说是伊万诺夫大志雄心得看不起任何人，也可以说在伊万诺夫眼里，愿意阅读空虚的人，也就是在失去自己真实的人。他和那一代人经历的历史翻天覆地，委实像他童年看到的镜子，在每个人身上都出现一个被折射的自己，那么，他这种看其他人的眼光会不会也自嘲地以为自己是“傻瓜和坏蛋”？于是，他将真实当作虚构，将虚构当作真实。在他那里，二者或许都是同一回事。

我不知道这是不是我的妄念猜测，从伊万诺夫的著作来看，他的确被说不清的妄念控制。读《彼得堡的冬天》，我发现伊万诺夫始终将真实与虚构交织起来写。对伊万诺夫这样经历奇特的人来说，真实与虚构并没有什么界线。在我们的生活中，二者不一直就在互相映照吗？从写作文本出发，抹掉真实与虚构的界线不恰恰是写作本身的妄念？在弗兰兹·卡夫卡那里、在詹姆斯·乔伊斯那里、在胡安·鲁尔福那里、在豪尔赫·路易斯·博尔赫斯那里，甚至在费奥多尔·米哈伊洛维奇·陀思妥耶夫斯基那里，我们见识的妄念难道还少吗？

伴随蒲宁的两句话

一

踏上写作道路后不久，二十出头的伊万·亚历克塞维奇·蒲宁曾拜访年事已高的列夫·托尔斯泰。很多年后，第一个获诺贝尔文学奖的俄罗斯作家回顾了他和托尔斯泰的第一次见面。托尔斯泰有两句话在蒲宁的回忆录中被提及，一句是两人见面时说的：“您写吧，您写吧，如果您很想写的话，只是要记住，这无论如何不能成为生活的目的。”另一句话是告别时说的，“生活中没有幸福，只有幸福的闪光——珍惜它们吧，依靠它们去生活……”

如果说蒲宁当时对托尔斯泰的赠言还不能完全理解的话，那随着他日后生活的变化和展开，这两句话的影响就慢慢显出来了。从蒲宁的一生来看，还真没摆脱它们的笼罩。

先看第一句，写作“无论如何不能成为生活的目的”。对读者来说，很难讲写作不是蒲宁的生活目的。他写作很早，天赋也高，十七岁开始发表作品，二十多岁出版诗集和小说集后，立刻引起批评界关注，未到四十岁就名满文坛，成为俄罗斯科学院最年轻的荣誉院士。流亡欧洲后，又继续创作和出版了十余部新著，直到登上诺贝尔文学奖的殿堂。仅看这些，我们都能肯定蒲宁的一生始终被文学充满。

被文学充满，真还不等于文学就是“生活的目的”。就托尔斯泰原话来看，托尔斯泰并没有因写作“不能成为生活的目的”就建议蒲宁放弃写作，相反，他觉得如果蒲宁“很想写的话”就写下去。

托尔斯泰的话矛盾吗？

二

对托尔斯泰来说，写作从来不是他的生活目的。他写下的每篇小说和其他文字，无不是对生活进行研究后的产物。写作于他，不过是他分析生活的某种方式。所以对托尔斯泰来说，写作是写作，生活是生活，二者会产生交叉，结果是谁也覆盖不了谁。一旦将写作当成目的，难免将生活写作化。这样一来，在写作者和生活之间，很可能就出现令人窒息的架空层。当我们面对无数在文体上花样翻新的后现代作家作品时，会明显感到，不少作家沉迷在写作的技巧层面，逐渐丧失对生活的介入力，从作品中也嗅不到来自生活的任何气息，这恰恰是托尔斯泰敏感到将写作本身当成目的的不良后果。在托尔斯泰看来，生活高于写作。没有生活，就没有写作。他说给蒲宁的话听起来匆忙和随意，包含的却是他毕生的文学经验和生活经验。蒲宁能够记住，说明他对大师之言没有忽略，至少这句话让他知道，如果写作不能成为目的，能成为目的的就只会是生活本身了。

在同时代作家群中，蒲宁对生活的确是进入最深的一个。他后来在回忆录中坦承自己“很少出入文学界，很多时间住在农村。我多次在俄罗斯境内和国外旅行，在意大利、土耳其、希腊、巴勒斯坦、埃及、阿尔及利亚、突尼斯，在热带”。踏遍全球是进入生活的最佳方式。进入生活才能认识和理解生活。蒲宁生活经验的丰富很自然地高出同时代作家一筹，所以他能够写出“毫不留情的作品”《乡村》等，能够看出“在俄罗斯批评界和俄罗斯知识分子中由于对老百姓的不了解或政治上的考虑，老百姓几乎总是被理想化了”，进而感到自己的“文学力量每天越来越坚强起来”。也因此，蒲宁除了能创作出引起轰动的作品，还能有底气地对声名赫赫的作家作品提出尖锐批评。譬如他读到谢尔盖·亚历山大德洛维奇·叶赛宁一首描写五月的诗中出现有“苦艾散发出粘乎乎的气味”时，就不客气地说道：“事情发生在五月的花园里，又哪来的苦艾呢？又如大家知道的，它的气味又干又辣，全然不会是粘乎乎的。如果真是粘乎乎的，那就不可能‘散发’了。”更令人惊异的是，他对安东·巴甫洛维奇·契诃夫的名剧《樱桃园》也毫不留情地指出：“契诃夫对贵族地主、贵族庄园及他们的花园了解甚少，但他现在都还以其《樱桃园》的虚假的美迷惑着几乎所有人……与契诃夫的愿望相反，在俄罗斯，任何地方也不曾有全是樱桃树的花园。在地主们的花园里只有某些部分是樱桃树，有的甚至有很大的面积长着樱桃树，但任何地方的这些部分（又是与契诃夫的意愿相反）都不可能正好就在老爷宅院的旁边。”这些批评令人惊异，被批评者也难以反驳。它说明蒲宁对生活的观察确实透彻和全面。是不是可以说，托尔斯泰的第一句话始终在潜移默化地影响着蒲宁的生活？我在读蒲宁作品时也有种感觉，不是他主动想用作品征服生活，而是生活驱使他写下不得不写的作品。

三

再看第二句话，“生活中没有幸福，只有幸福的闪光——珍惜它们吧，依靠它们去生活……”初看之下，也容易令人迷惑。托尔斯泰怎么会说“生活中没有幸福”呢？托尔斯泰生活在贵族阶层，从他作品能够清楚看到，那个阶层还真谈不上有“生活的幸福”，有的只是醉生梦死。托尔斯泰晚年离家出走更能证明他不认为自己的一生就是幸福的。“幸福的闪光”倒一直存在。没有这些闪光，托尔斯泰也写不出那些充满激情的小说。譬如《战争与和平》中的娜塔莎月下章节无疑就是生活的“幸福闪光”。我们可以说，这样的时刻无人不曾经历，又没有谁可以将它一直保留。对蒲宁而言，同样如此，用他自己的话说，他“享有盛名的时间并不很久”。时代的激变使他的后半生一直颠沛流离。当他站到诺贝尔文学奖领奖台时也坦然说道，“这个节日我将永志不忘，纵然如此，我还是想说，近十五年来我的悲痛远远超过了我的欢乐……”话的含义十分明显，在蒲宁看来，他的生活充满时代和生活本身给予的种种磨难，“幸福的闪光”很少，获奖的幸福时刻值得他去珍惜，值得他“依靠它们去生活”。走到斯德哥尔摩的蒲宁已经历和理解了全部的生活，获奖不会是全部生活。他在受奖演说中谈及“悲痛”，看起来有点不合时宜，人在这一闪光时刻，难免会将自己最深的体会全部表达。这就像西格蒙德·弗洛伊德说过的那样，理性的声音并不洪亮，但得等到有人听见时才肯止息。所以他说到的“悲痛”，恰恰是在强烈的理性中表明自己此刻的幸福和对这一幸福闪光的珍惜和依靠。

从蒲宁的小说名篇来看，不论是《乡村》还是《来自旧金山的先生》，不论是《幽暗的乡间小径》还是《阿尔谢尼耶夫的一生》，都无不给人哀婉与伤逝的沉痛，其中不乏类似于托尔斯泰为贵族阶层唱出的挽歌声调。容易看出，创作这些小说时，蒲宁的内心充满痛楚，所以，获奖之后的蒲宁并未像一般人想当然的那样从此幸福。作为流亡异国的作家，蒲宁无时无刻不在忍受乡愁的折磨。身体的流亡与内心的痛楚更代表蒲宁的生活本身，因此他才会在1937年和1941年分别给阿·托尔斯泰和捷列晓夫写信时，透露想要回国的意愿。后来总有人说阿道夫·希特勒对苏联的进攻粉碎了他回国的梦想，实际上，即使苏德战争没有爆发，对苏维埃政府抱有敌意的蒲宁也不会真的回国。战争结束后，他继续在巴黎生活了八年，斯大林曾委托访问巴黎的伊利亚·爱伦堡邀请蒲宁回国的劝说也被蒲宁断然拒绝。

四

也许是内心的复杂导致蒲宁的性情乖戾。在读关于蒲宁的一些回忆文章时，我发现我并不喜欢生活中的蒲宁。尤其是获得诺贝尔文学奖之后，蒲宁时时刻刻将自己摆在“诺贝尔文学奖得主”的位置，对其他人总不自觉地流露出一种高傲和嫌恶。有点可笑的是，获奖后的蒲宁自认为“我的目光就像伊凡雷帝的目光一样，脆弱的女人会晕倒”。也许是内在的痛苦作祟，诺贝尔文学奖成为他时时不忘炫耀的光环，他眼里的所有人都得服从“诺贝尔文学奖得主”的意愿。某次去尼斯过圣诞节时，他遇到一对认识的俄国作家夫妇，半夜里将那个做妻子的叫去散步。对方想先告诉一下丈夫，蒲宁近乎蛮横地告诉对方，他“一分钟也不能等”。对方无奈，只得陪蒲宁散步到天亮。不仅对他人，对自己的妻子薇拉·尼古拉耶夫娜也同样如此。似乎蒲宁有点喜欢折磨妻子，他喜欢吃火腿，薇拉·尼古拉耶夫娜不是很想一大早去买，便头天下午买好，蒲宁总会半夜起来将火腿吃掉，一定要妻子第二天早上再去买。在一生从未雇过佣人的蒲宁眼里，妻子还绝对需要充当佣人的角色。薇拉·尼古拉耶夫娜有时忍不住也会抱怨“我现在跟他多难相处。他折磨自己，也折磨我”，即便如此，薇拉·尼古拉耶夫娜还是不忘记提醒登门拜见的客人：“你们记住，跟他谈话要分外小心，赞同他说的话，决不要反驳他。”也许，把自己看作真理化身的人，也是最痛苦的人。米歇尔·蒙田早就谈论过这一群体，“他们想要超出自己，逃出人性，那是疯狂：他们非但没有变成天使，反倒变成禽兽；非但没有提升自己，反倒降低自己”。说蒲宁是禽兽肯定不对，他降低了自己倒的确一目了然。

将蒲宁的作品和生活并排来看，能发现蒲宁对生活不是不理解，甚至他对生活的理解比任何人都深刻。但理解是一回事，如何让理解引导生活又是另外一回事。蒲宁曾自认“没有托尔斯泰就不能活”，他也说过，不论将托尔斯泰“读多少遍，每次都像初读……年轻人觉得是年轻人写的，只有年轻时代能够这样感受，这样理解。中年人在其中寻找经验和深思熟虑，而像我这样的老年人从中发现老年的深邃和智慧”。这番话说明蒲宁对托尔斯泰和生活有着非常深的理解，但他始终不能像托尔斯泰最终离家出走那样，走向自己最大的真诚。托尔斯泰给出的“深邃和智慧”，他化入自己的生活了吗？当然没有。如果有的话，他也就不会认为自己想要什么，谁也不能拒绝。因此，蒲宁的生活也就不会有幸福，尽管他知道如何能得到幸福，却走不出得到幸福的那一步，因为走出那一步，就意味要放弃已经得到的所有，让自己从头开始。他始终抱住那些“幸福的闪光”，让生活从自己的指间滑落出去。晚年的蒲宁记得托尔斯泰的劝诫，却始终无法按劝诫来做。写作，或者名望，高出了他的生活。他不愿意，也没有勇气和力量将它们拉到生活之下。

我们也许能说，获取写作的成功和全球的一致认可，已经是罕有的幸福。对蒲宁这样看透生活的人来说，又不会不理解最平凡的才是最幸福的道理。只是不甘于平凡和紧抓住高于生活的某种维度，既是人性的弱点，也易给内心带来某种撕裂的阵痛。以外在的粗鲁傲慢来掩盖内心的撕裂，或是蒲宁为自己画出的肖像。托尔斯泰的晚年告诫在最后被托尔斯泰自己亲身实践，蒲宁却不可能实践，一如他能理解托尔斯泰的智慧，但他自己还是达不到那种智慧，更无法让他自己的生活按理解的进行。当蒲宁在晚年回忆录中写下青年时代接受的劝诫之言时，我不知道他会产生怎样的想法，是钦佩托尔斯泰的智慧，还是感叹自己的一生被对方一语成谶地命中？面对托尔斯泰和蒲宁，谁都能一眼看出，托尔斯泰永远只有一个，类似蒲宁性格的人却成千上万，所以斯特凡·马拉美才会有把握地对大多数人说，“诗人应该不幸”。

比艾略特更伟大的先锋

一

永远无法知道，当T.S. 艾略特身穿燕尾服，系着领结成为1948年斯德哥尔摩诺贝尔文学颁奖典礼上的主角之时，是不是想到了尚在美国圣伊丽莎白精神病院里形如坐牢的埃兹拉·庞德（(Ezra Pound，1885—1972)。对现代诗歌史稍有了解的都不陌生，如果没有庞德，就不会有艾略特的成就。不是说艾略特天才不够，而是在需要帮助的关键时间点上需要出现扶持他一把的人。不论对艾略特还是对20世纪的诗歌史而言，庞德删改艾略特的《荒原》都是堪称划时代的大事。对照艾略特的原稿和经庞德大笔删改过的定稿来看，两份稿件的质量的确不可同日而语。庞德删去的章节里不乏精彩的段落，他的直觉和对诗歌的理解还是使他在删改时采取了自己认为正确的做法。功成名就的艾略特在晚年也始终尊重庞德的修改，没有在任何一部选集或全集中恢复自己的最初稿样，这也说明了艾略特对庞德删改的由衷接受。

因此可以说，没有庞德的修改，《荒原》不可能定稿，艾略特也就不可能取得大放异彩的成功。没有这一成功，艾略特是否会继续自己的诗歌之旅，是否会创作出更上层楼的《四个四重奏》，是否最终会登上斯德哥尔摩的诺贝尔文学奖领奖台，都将变成难以预测的未知之事。

对任何一个诗歌读者来说，艾略特的《荒原》和《四个四重奏》进入现代经典之林当之无愧，尤其《四个四重奏》，要真正解析它，恐怕最少也得动用上万字的篇幅。艾略特的诗歌成就无否认。我想说的只是，当瑞典皇家科学院给艾略特的授奖词表彰他“对当代诗歌做出的卓越贡献和所起的先锋作用”时，我不禁觉得，仅就“先锋”二字来说，庞德恐怕比艾略特更为伟大。

二

早在 1908 年，庞德从美国远渡重洋前往伦敦时，在船上他就发誓，三十岁前一定要洞悉诗歌写作的全部奥秘。人在年轻时都免不了有雄心壮志，不见得每个人都能在最后兑现自己的誓言。因为效忠墨索里尼的政治选择，人们对庞德在当代诗歌史上的地位问题始终有点讳莫如深。撇开他的政治立场去看作品，我们又不可能不感受一股扑面而来的探索意识。

似乎谁都知道，庞德 1915 年编纂《意象派诗选》中的压卷之作是他仅仅两行的《在地铁车站》。“意象派”影响至今，和庞德为它提出的诗歌标准不无关系。《意象主义者的几个“不”》在今天来看，也并未过时。如果回到彼时，我们更能一目了然地看到，庞德创建“意象派”，不是单纯地提一个口号、建一个流派。在20世纪的文学史上，口号与流派数不胜数，真正在今天仍给我们提供启示的又有多少？意象派的不过时，在于它第一次为现代诗歌指出了方向性的道路。“用名词写作”是“意象派”的核心理念。我们读读今天的诗歌，尤其20世纪60年代以来的美国诗歌，罗勃特·勃莱等人创建的“深度意象”，无不是庞德理念的翻版。1987年获诺贝尔文学奖的俄裔美籍诗人约瑟夫·布罗茨基在接受记者采访时更是宣称，他的写作就是“在写的诗上铺一张能够隐去全部形容词和动词的魔布。撤走这块布后，白纸上应该留下密密麻麻的名词”。有点蹊跷的是，布罗茨基并未提起庞德，他将这一秘诀的获取归功于自己早年认识的俄国诗人埃夫吉尼·莱因。即便如此，莱因难道不是从庞德那里接受的启悟？庞德提出的概念如此之早，“意象派”的影响又如此之大，全球哪个诗人又不知道庞德提出的诗歌原则？

在庞德之前，有谁提出过“用名词写作”和“客观表现”吗？

如果找不到的话，我们是不是可以说，早在艾略特获诺奖三十年前，庞德就已是诗坛上舍我其谁的先锋？对立志要洞悉诗歌写作全部秘密的庞德来说，不可能不先锋。能够睥睨整个诗坛，是因为他对写诗有极为清晰的完整看法，“没有一首好诗是用二十年前的方式写的，因为用这种方式写作完全说明作者是从书本、传统与陈腐的题材思考，而不是从生活中思考”。我们回头打量20世纪之初时也能发现，从19世纪过来的诗歌技法和表现方式说不上具有写作本身对现代诗歌提出的承载功能。20世纪帷幕方揭，弗里德里希·威廉·尼采的呼号、西格蒙德·弗洛伊德对新领域的开拓都不可能不对文学的表现手法提出新的要求。庞德或许是最初敏锐感到这一要求的少数人之一，所以他自觉在诗歌的探索上开辟新路。今天有人认为庞德思想不够深刻，但他首先在诗歌语言上进行的革新举措，为诗歌的未来发展奠定了最重要的基石。

三

仅仅奠定基石不会是庞德的目标，为新世纪的诗歌指明方向并成为万众瞩目的一代大师才匹配他雄心勃勃的“自我天职”。庞德把《大学》中的“苟日新，日日新，又日新”作为自己的人生座右铭与诗歌创新发展的动力。这一自觉形成的驱使力使庞德将毕生精力投入《诗章》的写作上。就这部实际上永远不可能完成的诗集名来看，直接取名“诗章”，就意味着庞德已将自己看成诗歌的化身和代表，意味着庞德眼里的诗歌本身就是这一题名下将出现的一卷卷诗行。此外，他还将他的一本诗歌理论著作也干脆命名为《创新》。似乎在他笔下，出现的诗歌就是诗歌本身，理论也是脱出窠臼的全新之言。我们可以说，这是庞德的自我感觉好得过分，从事实看，庞德的诗歌题材已断然避开维多利亚诗歌期的陈腐和感伤，让“言之有物”成为诗歌的现代标志。在诗歌创作理念上，对意象概念的引入和思考使他以一己之力，彻底革新了浪漫派诗人的浅薄情感叫嚣。

我们不应忘记，在20世纪诗坛，是庞德第一个提出“诗歌必须写得和散文一样出色……诗歌一定要像莫泊桑最好的散文那样简练，像司汤达最好的散文那样强劲有力”。在伦敦期间，庞德的创作就以“独创性”享有盛名，威廉·卡洛斯·威廉斯由衷说道，“在见到庞德之前就像纪元前与纪元后一样”。因此，认真比较他和艾略特之间的贡献就成为我们值得探究的问题。

艾略特的重要作品几乎无人不知，除了经庞德删改过的《荒原》和晚年代表作《四个四重奏》，还有闻名遐迩的《J. 阿尔弗雷德·普鲁弗洛克的情歌》《圣灰星期三》《空心人》等不少具有20世纪诗歌里程碑意义的作品；以《传统与个人才能》为代表的一大批文论也成为横跨半个世纪的理论指南。和庞德相比，艾略特的诗歌显得更为圆熟，也更散发出魅力。当然，艾略特诗歌的魅力也不乏他成为世界诗歌领袖之后，让读者不知不觉地接受并形成他所赋予的审美观念，尤其他诗歌中散发的书卷气息更是令人着迷。绝大多数献身诗歌的后来者接受艾略特，也就是接受现代诗歌的各种技巧和面目，它成为我们今天熟悉的诗歌模样。如果将艾略特的诗歌和古典诗歌相比，则更让人觉得艾略特在诗歌的探索上做出了非同一般的贡献。被人忽略的是，艾略特的诗歌又恰恰变成了“从书本、传统与陈腐的题材思考，而不是从生活中思考”的诗歌，这也就无怪盛赞庞德的威廉·卡洛斯·威廉斯抨击艾略特将已经走出书房的现代诗歌又拉进了书斋。

四

作为曾叱咤一时的风云人物，庞德不知不觉被艾略特遮蔽，这和两人的际遇有关，更和他的政治选择有关。二战结束之后，作为追随墨索里尼而每周在罗马电台发表支持法西斯言论的“叛国者”，其诗歌也随着他的锒铛入狱而退出读者视野。我们今天来看庞德的诗歌，尤其那部堪称代表作的《比萨诗章》，会发现庞德不像艾略特，后者在找到自己的方向后就一路狂飙突进，从未偏离方向地走向巅峰。庞德始终在履行自己“日日新”的自我承诺，始终处在不断的变化当中。在作品中他喜欢使用包括汉语在内的各种语言，呈现出的文本效果就不能不令人感到震惊。他既不会像艾略特那样在诗歌中不停地掉书袋，在形式上也拒绝了诗歌的整饬，更重要的，他将诗笔彻底指向自己的每一个此刻，迅速用完全属于自己的诗歌方式表达出来。读他的《比萨诗章》，我们的感觉首先是一团乱麻，进入他的表达方式之后，又会惊讶地发现那些几乎不可入诗的材料都在他随心所欲的控制下变成了诗行。只不过，此时的庞德不再像三十多年前那样，为自己的写作再确定一些规范，提炼一些术语，或许对他来说，现代诗歌的核心就是要不断地破除规范。如果有了规范，就意味出现了死路，也就意味着要立刻加以突破。习惯阅读艾略特诗歌的读者，在庞德的诗歌面前不一定吃得消，至少不会即刻抓住庞德的核心理念。抓不住，就在于庞德的诗歌表现太新，对读者的惯性阅读形成了巨大挑战。

很有意思的是，《比萨诗章》在1949年获得首届波林根诗歌奖时，庞德尚在关押之中。谁都会注意到，评委名单中最显赫的名字就是艾略特。自从二十七年前庞德给艾略特删改《荒原》之后，庞德的无私使两人关系亲密，但庞德喋喋不休的说教终使艾略特感到厌烦，到后来连庞德的信件也不愿意回复。思想出现裂痕倒还罢了，政治上的抉择使他们不可能不分道扬镳。当庞德在罗马电台为墨索里尼鼓吹之时，艾略特正在伦敦躲避希特勒从高空扔下的炸弹。这决定了他们永远不再可能并肩站在同一个诗歌堡垒。庞德获波林根诗歌奖，或有艾略特的帮助——是不是艾略特希望在力所能及的范围投桃报李？而狱中的庞德也不可能走到美国国会图书馆发表受奖演说。当然，波林根奖与诺贝尔奖根本不可同日而语。不知道庞德在那时对艾略特有什么想法，他和任何其他人一样知道，艾略特获取诺贝尔文学奖有自己当年的提携之功。无法判断，庞德在阅读《四个四重奏》时，会不会觉得那是件需要他再来删改的作品。他面对的只能是事实，那就是他苦苦奋斗一辈子的诗歌事业桂冠被转到艾略特头上。后者影响西方诗坛长达半个世纪。或许，在庞德眼里，艾略特的诗歌的确达到了自己没能达到的非凡高度，这个高度也足以使艾略特获取诺贝尔文学奖。只是这一比较在今天没有任何意义。我无贬低艾略特之意，就诗歌和理论本身，我也更为喜欢艾略特的作品。但获诺贝尔奖的理由是因为艾略特的“先锋”作用而授的话，庞德还真太有理由露出一丝苦笑了。

我特意查了词典，对“先锋”的解释是：“行军或作战时的先遣将领或先头部队。”这个解释已经说明了它真正的功能。当这个军事术语嫁接到文学中来，纵观20世纪的世界诗坛，能真正充当这一角色的，除了埃兹拉·庞德，难道还有第二个人可以问心无愧地胜任吗？

一生的激情与一生的诗歌

一

对喜爱外国文学的读者来说，提起拉丁美洲，免不了会提起“文学爆炸”这一震荡全球的文学运动。不少人可以如数家珍地谈起加西亚·马尔克斯、马里奥·巴尔加斯·略萨、卡洛斯·富恩特斯、胡里奥·科塔萨尔等一大批耳熟能详的名字以及伴随这些名字而来的大量文学作品。令人稍感意外的是，在这场席卷拉美的文学潮流中，诗人和诗歌几乎排不上座位。被“文学爆炸”吸引住的全球读者仅只面对小说。无可否认，作为一种体裁，小说的确走在20世纪60年代拉美文学界的前列，但即便在那个一部部小说层出不穷的辉煌期，智利诗人巴勃罗·聂鲁达（Pablo Neruda，1904—1973）也始终占据着难以撼动的大师地位。

或许，“文学爆炸”未设聂鲁达席位，是因为诗人置身这一运动之外，反过来看，能以一己之力比肩一场运动，就足够说明聂鲁达创作所具有的非凡力量。再从时间的横向来看，20 世纪 60 年代至 70 年代初是“文学爆炸”的黄金时期。恰恰在这一小说全盛期，聂鲁达摘取了 1971 年的诺贝尔文学奖桂冠，直到“文学爆炸”渐成明日黄花之际，其主将马尔克斯才于 1982 年登上斯德哥尔摩的文学领奖台。我们从中或能看到，不论“文学爆炸”于彼时取得怎样的瞩目和成就，也无法掩盖聂鲁达在世界文坛散发出的光彩。

二

当然，比较聂鲁达与“文学爆炸”并无意义，之所以谈及，是因为除 1951 年国内出版过一本《聂鲁达诗文集》外，聂鲁达的主要中译本和“文学爆炸”的代表性译本差不多同时出现在 20 世纪 80 年代以来的国内图书市场。记得我在当时的阅读中有过诧异，拥有如此显赫声名的诗人似乎和“文学爆炸”扯不上任何关系——在“文学爆炸”的团体中，未出现诗人的名字，而在后者的作品中，似乎对身边发生的文学运动也视而不见。在今天我们能够发现，聂鲁达的作品和“文学爆炸”团体作家们的作品有着相当大的区别，不仅在体裁上，更多的还是在通过作品构建出的文学面对与认识上。

和“文学爆炸”联系在一起的，有个流行至今的术语叫“魔幻现实主义”。对马尔克斯们来说，拉美现实本身的神奇就足以吸引他们的全部目光。以身处之地为轴心，将文学表达传播到整个世界，是“魔幻现实主义”的成功秘诀。就表达手法来说，小说家们突破传统叙事，打乱时空，取消生死，使作品获得夸张与荒诞相结合的变形魅力。在作家们笔下，这一夸张与荒诞的结合，无不蕴含一种击打人心的强烈现代感——这一现代感便是从弗兰兹·卡夫卡开始，表现个体的脆弱心灵面对世界所生发的茫然孤苦，从而在读者群中产生共鸣的现代感。

倘若从这个角度来面对聂鲁达的诗歌，我们会觉得，聂鲁达的诗歌在现代感的强度和亮度上，怕是逊色于“文学爆炸”的小说作者群。不过，聂鲁达的全部诗歌和全部散文始终又在现实的范围之内，所以真正的问题是，对聂鲁达来说，什么才是他要表达的现实和主题？什么样的现实与主题才是他的关注重心？

答案在诗人的文字中有所呈现。聂鲁达去世之后，其遗孀于 1974 年整理出版了他的回忆录《我承认，我历尽沧桑》。回忆录起始于一篇短小散文《智利的森林》，该文末句是“不了解智利大森林的人，也不会了解我们这个星球。我就是从那块疆土，从那样的泥泞，从那片岑寂出发，前往世界各地去讴歌的”。

我将这句话界定为聂鲁达的现实与主题的答案，理由是毕其一生，聂鲁达从未有哪天偏移过对我们星球的了解，也从未偏移过在世界各地的讴歌。这句话听起来容易，说起来也容易，翻翻 20 世纪的文学史，能真正做到的却凤毛麟角。在能做到与不能做到之间，我们可以找到很多原因甚至借口。聂鲁达有别于他人，他对激情的毕生维持构成他作品的遒劲核心。说诗人应有激情不错，但不是所有的诗歌都来自激情，也不是所有的诗人都一定需要激情，更不是每一个诗人都能真正地理解激情和表达激情。只有在聂鲁达那里，激情才是他终将内心塑就成磅礴的根源。拥有这一根源，聂鲁达才创作出我们今天所读到的诗歌。

三

年仅二十岁时，聂鲁达就为世界诗坛奉献出他的不朽名篇《二十首情诗和一首绝望的歌》。该诗集甫一出版，立即引起轰动。在评论家笔下，或说这部诗集的情感热烈奔放，或说诗中的形象扣人心弦，或说作者的遣词造句独特新颖……所有这些赞誉，无不根植于作者本人的恣肆激情：

> 女人的身躯啊，洁白的山峰，洁白的腿，
> 你像一个世界，躺着委身于我。
> 我粗壮的农夫的身体开垦你
> 并使儿子从大地深处坠地。
> ……

诗集开篇就令读者感受到作者内心涌动的充沛情感。这一情感称得上粗野，也称得上犷悍，正因如此，我们才体会到依附于诗歌的强硬力度。力度是诗歌的重要元素之一。只不过，当我们从诗歌史横向打量，令人无法不惊奇的是，大凡描写爱情，免不了一种细腻，也免不了一种柔软，二者交相构成对我们心弦的拨动，就像威廉·巴特勒·叶芝的那首不朽诗歌《当

你老了》，充满细腻和柔软。在聂鲁达这组青春之作里，我们不能说它不细腻，聂鲁达却只将细腻当作借助，走向另外一种向度，它打磨出聂鲁达诗歌中的雄浑底色，令人感觉到作品的生机勃勃和出神入化。

说一个诗人的青春之作有此激情是理所当然的话，聂鲁达的激情则始终伴随其漫游全球的生命历程。不论是在远东担任领事，还是在西班牙直接参与政治，诗人接二连三推出的诗集总是难掩激情。我最为心惊的是，诗人在年近六旬之际，还能创作出《十四行情诗一百首》这样一部诗集。对比这部晚年之作和青春之作是极富启迪之事，也是让我们真正读懂一个人如何让激情支配心灵之事。在《二十首情诗和一首绝望的歌》中，我们领教了聂鲁达的热烈情感，在《十四行情诗一百首》中，我们熟悉的聂氏激情不仅臻于圆熟，还让我们触摸到惊心动魄的生命之美：

> 丰满的女人，肉做的苹果，滚烫的月亮，
> 海草、泥浆和捣碎的光浓郁的气味，
> 是什么样幽暗的明亮在你的圆柱间开启？
> 男子以感官触摸到的是什么样古老的夜？
> ……

面对这样的诗句，与其说聂鲁达的晚年之作亦如青春之作那样，融入了性的描写，不如说他在领悟到生命的本质之后，进入了更大胆和更直接的倾诉阶段。彼时的诗人已经历了人世

的一切，丰富的阅历没有让诗人感到一切不再有惊奇，相反，诗人对生命认识越深，就越是将自己的情感推至铅华洗净的地步。我们看到，到了晚年，诗人的激情不退反进，打开更广阔的体验和感受。套用英国女作家弗吉尼亚·伍尔夫论及勃朗特姐妹小说区分时的话说，“文学爆炸”的小说家们更多地在写“我”，聂鲁达始终在写“我们”，小说家们在面对自身的环境，聂鲁达则始终在面对整个世界和人类永存的共同感受。在这一点上，聂鲁达的诗歌体现出超乎寻常的执著，不仅震撼读者，也让诗歌有力地返回到本源深处。

四

诗歌的本源即讴歌。对聂鲁达来说，讴歌爱情是其重心，讴歌大自然更是其重心。瑞典皇家科学院给他的诺贝尔文学奖颁奖词是称颂诗人“以大自然的伟力复活了一个大陆的命运和梦想”。在所有获诺奖的诗人中，给聂鲁达的授奖词可以说最具分量。在聂鲁达的全部创作中，出版于1950年、中译本厚达七百多页的获奖之作《诗歌总集》堪称20世纪最伟大的史诗。在我读过的诗集中，没有哪部诗集比它更具气势逼人的力量，也没有哪部诗集达到了它的宽度、厚度、力度与深度，也可以说，聂鲁达的雄心与全部才华在这部诗集中得到了淋漓尽致的体现。从完成的作品来看，聂鲁达以一部完整诗集，不可思议地容纳了拉美大陆四百年的历史构成。这对任何一个创作者来说，都是难以完成的任务。没有来自血脉深处的激情支撑，聂鲁达也无法完成这部巨制。激情需要指向目的。写作这部诗集，聂鲁达当然是渴望将拉美历史以文学／诗歌的方式展现在世人面前。对他自己而言，除了历史本身，还有更重要的部分，那就是他通过这部著作，“寻找的不仅仅是痛苦，而是力量，／而我就是思想的石头的力量／集合在一起的手的欢乐”。面对这些饱含思想汁液的质朴诗句，我们或能看到，在聂鲁达那里，其激情在迸发与控制之间，有一种他人罕及的平衡出现。不能说聂鲁达激情的维持奥秘就在于此，至少我们看到，聂鲁达的激情远不是单纯构造，它根植在个人的认识、痛苦、寻找、力量等诸般因素当中。可以说，聂鲁达的激情是横跨生命的激情，是不断走向升华的激情。唯其如此，我们才可能在他的诗歌中处处抚摸到这股令人激动也令人感动的情感奔涌。

由十五个章节构成的该部诗集是聂鲁达最富雄心的代表作，其中第二章《玛楚比楚高峰》也早被公认为这部代表作中最辉煌的篇章。它不是单纯的怀古之诗，诗歌以爱的空间开篇，结束于沧桑历尽后的希望、勇气、语言和热血。因此，诗歌核心绝非是作者对印加文化遗址的一次简单凭吊，相反，在采用义无反顾的歌颂基调上，诗歌以五百余行的长度，充分表达了聂鲁达与历史、与信念、与时空、与文化、与象征、与记忆、与遗忘、与死亡、与现实等糅合一处的生命攀登。它既构成聂鲁达的诗歌高峰，也构成迄今为止拉美诗歌中首屈一指的磅礴高峰。借助这首长诗，借助这部诗集，聂鲁达不仅完成了对诗歌难度的挑战，其本人也成为一座属于诗歌本身的绝对高峰。这首长诗需要仰望，就在于它对后来者发出了攀登生命与诗歌的召唤。

我有点奇怪的是，在和不少身边或外地的诗友谈论诗歌时，很少有人会谈到聂鲁达，不少汉语诗作者一方面沉迷流行技巧，一方面又抱怨看不到有分量的好诗，其实，真正称得上伟大的诗歌早已在我们视线中出现。选择视而不见，是不是我们在畏惧诗歌的难度？是不是我们还没有培养起可以用来消化难度的成熟的胃？缺乏对难度的消化，缺乏对激情的拥抱，会不会影响到汉语诗歌的未来发展？当聂鲁达的名字在眼前出现之时，值得我们深思的问题，怕还远远不止于此。

抹除文学界线的鲍勃·迪伦

一

在授予白俄罗斯非虚构作家斯维特拉娜·阿列克谢耶维奇诺贝尔文学奖之后的翌年，摘下无数文学人梦想一生的诺贝尔文学奖桂冠的竟然是美国摇滚歌星鲍勃·迪伦（Bob Dylan，1941—）。

打量一下诺贝尔文学奖的历年获奖作者名单，我们会发现获奖的诗人不少，美国诗人却从未染指过这顶桂冠。即使罗伯特·弗罗斯特生前的诗歌名声具有全球影响力，诺贝尔文学奖还是与他无缘。对弗罗斯特来说，四次普利策奖的光环也掩盖不了诺贝尔文学奖的缺失。细数一下20世纪声名显赫的美国诗人，还有埃兹拉·庞德、约翰·阿什贝利、华莱士·史蒂文斯、艾伦·金斯伯格、伊丽莎白·毕晓普、罗伯特·洛厄尔、西尔维娅·普拉斯、弗兰克·奥哈拉、罗伯特·勃莱、詹姆斯·赖特、查尔斯·西米克等一时难以尽数的诗人。这些诗人没有谁不在期待诺贝尔文学奖桂冠的降临，这顶桂冠却始终没有落到这些分行作家头上。

严格来说，和获得诺奖的欧洲诗人相比，美国诗人总是稍显薄弱。不论国内多少诗人推崇美国当代诗歌，当我们将美国诗人们和威廉·巴特勒·叶芝相比、和切斯瓦夫·米沃什相比、和乔治·塞菲利斯相比、和奥季塞夫斯·埃利蒂斯相比、和胡安·拉蒙·希门内斯相比、和维斯瓦娃·希姆博尔斯卡相比、和雅罗斯拉夫·塞弗尔特相比，甚至和美洲诗人如巴勃罗·聂鲁达、奥克塔维奥·帕斯相比，美国诗人的轻飘性便一目了然。在当代诗歌中，美国诗人的确显示出他们作品的魅力。魅力不等于厚重，在很大程度上，美国诗歌的魅力甚至只单纯体现在语言的细节性和技巧的繁复性之上。诗歌当然是语言的艺术，若仅仅将语言变成艺术的象牙塔，则很难使语言转换成厚实的生命承载和对人生的理解承载。

鲍勃·迪伦承载了吗？

二

摘取诺贝尔文学奖，鲍勃·迪伦最令人跌破眼镜的是，他从来不是读者眼里一位纯粹的作家或诗人。他的身份是歌手，即使他演唱的都是自己创作的歌。歌曲总给人一种非文学的感受，现代歌手的职业前提是必须让自己的歌曲流行，鲍勃·迪伦恰恰又是一个流行摇滚歌手，很少有人把流行的东西看成纯文学。在所谓流行的领域里，永远不会有威廉·莎士比亚，也不会有列夫·托尔斯泰，即使他们的名字无人不知。热爱纯文学的人，也多半是喜欢栖身书斋和进行文学研究的人。很难听见有哪个学者在研究某个流行作家。若干年前，北师大的王一川先生将金庸排在现代中国小说家第四的位置上，引起哗然和反对，原因无他，在众多学者眼里，金庸始终只是一个流行的武侠小说家，还登不了纯文学的大雅之堂。所以，愿意将鲍勃·迪伦的歌词定位在纯文学领域的人一定不是多数，即使他的歌也被无数学者倾听。例外的只有美国垮掉派诗人艾伦·金斯伯格，他曾向瑞典皇家科学院委员会推荐鲍勃·迪伦时说道："虽然他作为一个音乐家而闻名，但如果忽略他在文学上非凡的成就，那么这将是一个巨大的错误。事实上，音乐与诗是联系着的，鲍勃·迪伦先生的作品异常重要地帮助我们恢复了这至关重要的联系。"话说得不错，只怕在真正的音乐人眼里，认为能和诗歌产生联系的还不是鲍勃·迪伦的摇滚，而是莫扎特的音乐、肖邦的音乐、巴赫的音乐等。将一个流行歌手的歌词创作定位在纯文学领域，也只有对学院派深恶痛绝的金斯伯格会如此。当金斯伯格认为鲍勃·迪伦在文学上也有"非凡的成就"时，怕是很多人不以为然。

我们今天看到，瑞典科学院用全球最大的文学奖项将鲍勃·迪伦的创作定位在纯文学领域，这既让以纯诗创作为职业的诗人们嫉恨到难以接受，又让更多人不得不将目光投入鲍勃·迪伦的歌词当中。在他具有代表性的《像一块滚石》这首歌词中，我们的确能读出他对时代的狂躁表达。重复四遍的句子“这感觉如何／这感觉如何／独自一人感觉如何／没有家的方向感觉如何／像一个无名氏／像一块滚石”。这样的句子能让我们联想起金斯伯格的诗歌，同样对时代表达愤怒、同样对时代表现欲望和挣扎。这样的句子是不是纯文学？这些歌词是不是诗歌？这大概也是鲍勃·迪伦自1997到2002年每年都获得提名以来受到的最大争论和质疑。只是争论并无意义，我们需要看到的是，在鲍勃·迪伦的创作和声音中，是否表达了一个时代蕴含的核心。他在创作那些歌时，或许根本就没想过那些词句是不是文学，他一定知道，那些是他要对时代发出的声音。文学当然就是声音，至少是声音的集中表达。无数人在这次奖项揭晓后感到惊异，最大原因恐怕还是认为他创作的难说就是文学。但究竟什么是文学？从来就没有一个清晰的界定，它只有一个模糊的界限。不论界限多么模糊，我们还是愿意说，文学本身就是一种表达，鲍勃·迪伦留下了他对时代的表达，这已经不是一个普通歌手所能做到的事。

三

以文学表达时代，一个歌手也无可非议地拥有这一权利，只要他有足够的才华进行完整表达。鲍勃·迪伦有一句被广为引用的话：“我更多的把自己看成一个胡言乱语的人。”这句话的反讽就在于，鲍勃·迪伦认为他的时代就是个“胡言乱语”的时代。对诗歌来说，进入现代以后，不断地被学院化而逐步失去其源头所要求的“传诵性”。从这里我们的确可以看到，鲍勃·迪伦用他的创作，在奋力返回从“诗”到“歌”的源头。他用他的声音，打破了我们以为存在的文学界线。也可以说，瑞典文学院借助鲍勃·迪伦，将这人为的界线打破和抹除。我也想在这里说出我的观点，就目前能看到的鲍勃·迪伦的不多的作品而言，我并不觉得他的作品能够和我前面提到的那些诗人们的作品相提并论，他的作品有他个人对时代的表达，但那种表达是否还是太过浮于表面？也许，他的获奖，最大的作用就是能让我们进一步深思——文学的界线，或者说，现代以来形成的文学体系，是否到了我们应重新打量的时候——除了对创作者本身提出要求，文学对自身的要求还究竟有些什么。

从收到《呼啸山庄》说起

意外收到陆宇清先生寄来其父方平（原名陆吉平，1921—2008）的新版译著《呼啸山庄》。新版本比老版本漂亮多了，特别是插图增加一倍不止，尤其冠在每章开篇的置顶插图，是老版本没有的。

我被方平译著吸引，是初次读到他翻译的《呼啸山庄》之时。且不说译文质量，他在书前写的序言就令人震惊，不仅长，分析得也极其到位。我那时年少，内心竟涌上懵懵懂懂的愿望，想哪天能认识这位翻译家就好了。这愿望如今是不能实现的了，方平先生于数年前谢世。人之一生，总有很多大大小小的遗憾。收到陆宇清先生寄来的书后，又将那篇长序看了一遍，时隔二十多年后重读，我仍然喜欢。这些文字读来亲切，即使是这样的文论，他也写得很口语，不像一板一眼的学术论文，艰涩术语繁多，高高站在读者之上。方平的行文使我感觉他是很易接近的人。

和陆宇清先生取得联系之后，陆宇清先生给我的第一封来信就让我特别感动。他在信中谈及父亲时说：

> ……我爸爸翻译，写文章不用电脑的，没有助手，都先打草稿，然后修改，然后亲自再抄写一遍。工作量非常大，所以他从早六点多就开始伏案写字，一直到晚上一两点，从没休息日的，非常刻苦，从我小时记事起就是这样的。他特别珍惜上午的时光，如果有人上午来找他，父亲会非常不高兴的，认为打断了他的思路。由于长年累月地趴在书桌上，所以他的脊椎严重弯曲，到晚年人都是倾斜的，站不直的。但他很乐观，他常说，他活得很开心，与世无争地沉浸在他自己的创作世界中……

这些文字让我看到一个呕心沥血的翻译家形象。这个形象也让我理解，真正做文学的人应该如何去做。没有什么东西能随随便便就可得到。

陆宇清先生在一次电话里还对我说过一句很无意的话："我爸爸其实就像个孩子。"这句话也让我心头一震。带着这些了解，我把方平先生为《十日谈》《一条未走的路》等译著所撰的序言和后记又重读了几遍，更能抚摸到一个翻译家内心的真诚和纯粹。这种纯粹的品质在今天太稀少了，正因为稀少，才令人感觉它特别珍贵。

能写出真诚文字的人必然是内心真诚的人。这不仅是我一贯的以为，在对方平先生的了解过程中，也加深了这种体会。

谈到方平，自然绕不开威廉·莎士比亚。生前为中国莎士比亚学会会长的方平将主要精力放在译介莎士比亚上。我读莎士比亚还是20世纪90年代初。和很多人一样，我选择的是朱生豪译本。朱生豪译笔生花，几乎为汉语读者再现了一个完整的莎士比亚。读方平的莎剧译本还是偶然在旧书店淘得他翻译的几种莎士比亚译本。读它们时，我按照习惯，将朱生豪译本摆出，一字字比读。阅读的结果是很难取舍。这点不像过去读奥诺雷·德·巴尔扎克，傅雷先生的译本明显高出同行；也不像读安东·巴甫洛维奇·契诃夫，汝龙先生的译本可作不二之选；到了莎士比亚，真不知如何选择，哪怕几近完美的朱生豪译本还占据着先入为主的位置，我还是很强烈地感到，方译和朱译，各擅胜场。而且，方译本有不少地方，是根据国外最新莎士比亚研究成果而多了一些台词和动作指示。我虽不研究这些，读到这些细节时，还是很感觉到阅读的乐趣。

有不少细节，我觉得方平比朱生豪译得更加到位。譬如，在《哈姆莱特》第一幕第五场中，哈姆莱特有句著名台词，朱译为，“霍拉旭，天地之间有许多事情，是你们的哲学里所没有梦想到的呢”。这句话意思完整，语气却总有些别扭；方平的译文是，“在天地之间，还有许多事情，霍拉旭，是你们的哲学做梦也想不到的呢”。

就这句台词而言，我更喜欢的是方译。首先它更口语，在文字上没有斧痕，读起来比朱译更为顺畅。我当然没有褒方贬朱的意思，翻译本来就是艰难之事，一字一句，处处考验译者的功力与修为。

记得当时读了方平这几个莎译之后，心中总想，方平会不会像朱生豪那样发愿把莎士比亚的剧本通过一人之力全部译完呢？到目前为止，赖一人之力译完全部莎剧的只有梁实秋。很巧，我在旧书店同样淘到过梁实秋的莎剧译本全集。只把他和朱生豪译本比读了一个《暴风雨》后，便将梁实秋的整套译本送人了。或许是我识浅吧，梁译本我实在不敢恭维。

总觉得，对中国读者来说，朱生豪在三十二岁过早谢世，未能完成莎剧的全部翻译，是一个无法弥补的缺憾。在朱生豪之后，我一直以为，能以个人之力译完莎剧的，就非方平莫属了。数年前，听闻河北教育出版社出版了方平主编的《新莎士比亚全集》，这套译本我迄今未见。看“主编”二字，也猜测大约不是方平一人译完的。和陆宇清先生取得联系后，我特意问到这个问题。陆宇清先生告诉我，那套全集方平只译了其中二十四个剧本，余下的十三个剧本由其他人翻译。听后着实感觉遗憾。

在如今熙来攘往的文学界和翻译界，还有谁会再去承担独立完成莎剧翻译的工程呢？它要求译者有一定的精力、能力、毅力、耐力、学识、沉静，且忍得住寂寞……至为重要的，还得有比肩甚或超越朱生豪和方平的翻译才华，更需要“与世无争地沉浸在他自己的创作世界中”。

当年的朱生豪，不也正是这样做的吗？

忽然想起，方平先生去世时，媒体曾说，这是“中国文学翻译界‘大师时代’的逐渐远去”。看看目前的翻译界，这句听来残酷的话，又何尝不是公正之言？

朱生豪是怎样翻译的

一

1990年冬天。那年我二十岁，第一次打开人民文学出版社出版的十一卷本《莎士比亚全集》。从第一卷首篇《暴风雨》开始，总是“朱生豪译”几个字出现在剧名下面。我觉得惊异，那时我已读过一些英国古典文学名著，还从未见过朱生豪三字，给他译本做校订的方平、方重、吴兴华等大名早如雷贯耳。怎么那些大名鼎鼎的翻译家都屈尊给朱生豪（1912—1944）做校订工作？如果他们去翻译的话，不会比朱生豪翻译得更好？

仅一个《暴风雨》读完，我就觉得，朱生豪的译笔简直无可挑剔。后来发现有几个历史剧本的译者不是朱生豪了，心里竟忽然觉得惆怅，怎么朱生豪不译完全部莎剧呢？

后来才知道，未译完全部莎剧，不仅是读者的遗憾，也是朱生豪的遗憾。

二

朱生豪二十四岁开始翻译威廉·莎士比亚。在今天，人们会觉得那只是一个文学爱好者的年龄。这个年龄的文字也容易被看作稚嫩的练笔。今天谁都愿意承认，百年一出的天才永远属于早慧，也永远不属于某个特定出身。如果不是朱生豪，我们甚至不知道民国期间的杭州有个之江大学。朱生豪毕业于这一名不见经传的学府，该学府也就有了载入史册的傲人资本。“之江诗社”社长、日后有“一代词宗”之誉的夏承焘当时就评价说：“阅朱生豪唐诗人短论七则，多前人未发之论，爽利无比。聪明才力，在余师友间，不当以学生视之。其人今年才二十岁，渊默若处子，轻易不发一言。闻英文甚深，之江办学数十年，恐无此不易之才也。”我总以为，要翻译西方古典名著，汉译者自身的古典修为一定要出色。朱生豪的古典修为能让他担起这一重任。当然不是说，有了相当的古典文学修为，就一定能译好西方古典名著，从翻译者到翻译家的距离需要很多因素填补，古典修为只是其中一种而已。

除个人古典诗词娴熟之外，朱生豪还具有过人的英文造诣。尚未进行莎剧翻译之前，朱生豪于自己供职的上海世界书局编纂了一部《英汉四用辞典》。他在给后来的妻子宋清如的信中很自信地说道：“我相信你做了大官的时候，我一定已经得到了诺贝尔文学奖金了——为了我编的一本《英汉五十七用辞典》。”诺贝尔文学奖当然不会奖给某个编辑，我们可以理解为朱生豪当时的年轻气盛，从中也能看到朱生豪对自己英文的足够自信。

我曾询问过一些翻译界朋友，从他们那里得知，英语尽管不像汉语那样有从文言文到白话文的巨大断裂，古典英语与现代英语还是差别不小。莎士比亚时期的英语更考验今天阅读者的英文水准，尤其对国人来说，绝非毕业于英文系了，就能很轻松地阅读莎士比亚。能在那时编纂汉英辞典的人，中英文水平之高，自是出类拔萃。

虽然如此，朱生豪也还没想过就一定要翻译莎士比亚。人的最终选择，可以说是宿命，也可以说来自偶然。很多时候，偶然决定宿命。对朱生豪而言，即使在未选择翻译莎剧之前，也抱有不让人生虚度的志愿，尤其艺术眼光已堪称刁辣。譬如他读过威廉・华兹华斯的诗歌后，在给宋清如的信中便由衷感叹，“我以为能和文学发生关系的，只有两种人，一种是创作者，一种是欣赏者，无所谓研究。没有生活经验，便没有作品”。在看过查理・卓别林的电影后也写道：“在《摩登时代》中，卓别林的表演和从前并无不同，但仍一样使人发笑，而观众也就满足了，因为对他我们没有过事苛求的必要。虽然在诗趣的盈溢和充分的感情主义上他的《城市之光》更能引人入胜。”这些看似漫不经心的随手言论称得上一语中的，尤其对戏剧的理解，更令人觉得他与莎士比亚之间的必然缘分，“短篇小说太短，兴味也比较淡薄一些，长篇小说太长，读者的兴味有时要中断，但戏剧，比如说五幕的一本，那就不嫌太长，不嫌太短。因为是戏剧的缘故，故事的布置必然是更加紧密，个性的刻画必然是更加明显，剧作者必然希望观众的注意力集中不懈”。这些话都充分显示了朱生豪对艺术体裁非同一般的见解。

三

朱生豪献身翻译莎士比亚的原因可分外因与内因两种偶然因素。外因是当时世界书局想取得与商务印书馆、中华书局等名社的竞争本钱，计划翻译《莎士比亚全集》。世界书局英文部负责人詹文浒素来钦佩朱生豪才华，力主他来完成莎译；内因则是朱生豪胞弟朱文振来信告之，侵华日本人因中国没有莎士比亚译本而嘲笑中国是无文化的国家。血气方刚的朱生豪慨然接下翻译莎士比亚的任务，这里既有朱生豪对侵略者的仇恨，也有他书生报国的一腔壮志。这一年是中国人同仇敌忾的 1936 年。是年 1 月初，平津学生南下宣传抗日；1 月 28 日，东北抗日联军成立；2 月 17 日，中共发布《东征宣言》；2 月 20 日，东北抗日联军杨靖宇、赵尚志等联名发表《东北抗日联军统一建制宣言》……我们能够想象，在风起云涌的历史背景下，朱生豪读过胞弟来信之后，胸中滚动着怎样的激情热血。他不会预料到，当时的这一毅然决然，竟使一代代中国人通过他走进莎士比亚的艺术殿堂。

国难当头，我们也能想象朱生豪当时的翻译环境是怎样恶劣。他供职的世界书局随局势每况愈下。他在给宋清如的信中直言道："编辑所里充满了萧条气象，往年公司方面裁员，今年有好几个人自动辞职，人数越减越少，较之我初进去时已少了一大半，实在我也觉得辞了职很爽快，恋着这种饭碗，显得自己的可怜渺小。"辞职的后果又是什么？年轻的朱生豪看得非常清楚："我又有有家归不得的苦，姑母她们不能常住我家里，弟弟在外边，我不好守着弟媳妇在一起，真是走投无路，怨尽怨绝。”即便如此，朱生豪还是投入了翻译莎士比亚的工作，“……我这两天大起劲，《暴风雨》的第一幕已经译好，虽然尚有应待斟酌的地方。做这项工作，译出来还是次要的工作，主要的工作便是把僻奥的糊涂的弄不清楚的地方查考出来。因为进行得还算顺利，很抱乐观的样子。如果中途无挫折，也许两年之内可以告一段落。虽然不怎样正确精美，总也可以像个样子。你如没事做，替我把每本戏译毕了之后抄一份副本好不好？那是我预备给自己保存的……”他给自己规定了两年时间完成莎译，工作量之大，朱生豪心中有数，“一共三十七篇，以平均每篇五万字计，共一百八十五万言”。

一旦投入工作，朱生豪便推开一切事务，全力以赴地译了起来。但是，仅有激情和年轻人的志气就能译好莎士比亚吗？他计划的两年真就能如愿完成吗？朱生豪像所有抱有使命感的人一样，对遇到的难题不惜耗费大量精力，“今晚为了想一句句子的译法，苦想了一个半钟头，成绩太可怜，《威尼斯商人》到现在还不过译好四分之一，一定得好好赶下去”。所有这些，他都只有宋清如这一个红颜知己可以倾诉。这是朱生豪之幸，也是他的不幸。说他幸，是后者给予的爱情力量能构成朱生豪生命中最顽强的支撑；说他不幸，是他呕心沥血于这一前无古人的壮举之时，再没有第二双眼睛抱以热情和关注。在朱生豪那里，翻译莎士比亚已经成为他活着的理由和意义。他一边翻译，一边告诉未来的妻子，“我现在不希望开战，因为我不希望生活中有任何变化，能够心如止水，我这工作才有完成的可能”。对自己已完成的工作，朱生豪充满自信——“我已把一改再改三改的《梵尼斯商人》（威尼斯也改成梵尼斯了）正式完成了，大喜若狂，果真是一本翻译文学中的杰作！把普通的东西翻到那地步，已经不容易。莎士比亚能译到这样，尤其难得，那样俏皮，那样幽默，我相信你一定没有见到过”。

每每读到朱生豪这样的话，我总是感到格外心酸。如此年轻的朱生豪，他的刻苦淬砺所盼望的只是完稿后的喜悦，那种“一改再改三改”的背后是不可想象的艰辛。对我们今天阅读莎士比亚的读者来说，怕是很难体会，莎剧中的每句朱译台词，凝聚的是何等心血。心血背后，又是一些无情的现状，“据说明天薪水发不出，这个问题比打仗更重要一些，因为没有钱便不能买糖吃，这是明明白白的”。即便如此，他还是渴望“巴不得把全部东西一气弄完，好让我透一口气，因为在没有完成之前，我是不得不维持像现在一样猪狗般的生活的，甚至于不能死”。一旦认为某天的工作效率很好时，便“心里充满了各种快乐的梦想”。

四

在朱生豪翻译莎士比亚的八年中，这种被“快乐的梦想”所充满的日子不是很多。时局动荡，朱生豪的工作也不可能顺利进行。1937年日本人进攻上海，朱生豪逃离时只携带一本“牛津版”的《莎士比亚全集》，已经译完交付世界书局的译稿全部被焚。难以知道朱生豪得知消息后的心情，我们能看见的是，他从上海避难至嘉兴，又辗转至新塍、新市等地后，立刻全身心补译焚稿。早在1936年8月译出的第一部被焚莎剧《暴风雨》竟到1942年年底才第三次译出。对后人来说，如果多达九部的被焚译稿能一直保存完好，朱生豪也终有时间译完全部莎剧。可惜的是，已发生的事无可挽回。随着时间流逝，朱生豪被尽快译完莎剧的念头萦绕得更紧，到1943年时，贫病交加的朱生豪和夫人宋清如定居嘉兴，开始了最后闭门不出的翻译生活。每天，朱生豪在阁楼翻译，宋清如则出门买好一天或数天的口粮。朱生豪积劳成疾，健康日衰，他好像也知道自己来自日无多，每天咬牙伏案。在超强度的负荷下，一年内译出莎士比亚全部悲剧、杂剧及数种历史剧，翌年译出四部莎士比亚历史剧。到4月时，朱生豪为莎剧写出《译者自序》，又动手编出《莎翁年谱》。延至6月，不堪重负的朱生豪患上肺结核，不得不放下未译完的《亨利五世》。他对宋清如说，“早知一病不起，就是拼命也要把它译完”。此时距他全部莎译完成只差五个半史剧，但他再也无法动笔了。1944年12月26日，年仅三十二岁的朱生豪终于耗尽全部精力，离开人间。临终之际，宋清如俯身在丈夫身边，最后听到的是丈夫口中喃喃的莎剧台词。

很多年来，我读过不少翻译家如何翻译的艰辛轶事，时至今日，也从未有哪位翻译家如朱生豪那样令人心痛和惋惜。我有时总想象朱生豪后来足不出户的苦译场景，窗户将乱世关在外面，屋内只有莎士比亚的世界，不梳头理发的朱生豪已形如野人。彼情彼景，我更感佩于宋清如的身心陪伴。除了妻子，与世隔绝的朱生豪已找不到第二个知己，更找不到可交流的同行。除了《牛津辞典》和《英汉四用辞典》两本工具书，其他任何资料阙如。最艰难的事业总是在孤独中完成。这句听起来容易的话，不见得每个人都敢于身体力行。朱生豪主动选择了孤独，选择了个人的坚韧不拔，这是今天的读者之幸，也是莎士比亚之幸。我忽然又想起一事，1978 年人民文学出版社准备出版《莎士比亚全集》之时，最初想组译诗体而没有想采用朱生豪散文体译本。那时朱生豪辞世已三十四年，除 1954 年作家出版社出版过十二卷朱生豪莎译之外，朱译本再也无处可觅，想来作家版的影响也没有达到预期。好在人民文学出版社黄雨石先生力排众议，不止一次在办公室里朗诵朱生豪的翻译和新译中的相同段落，然后问同事们到底哪个更有质量。出版社终于决定，《莎士比亚全集》仍以朱生豪翻译的三十一个剧本为底本，经多人校订补译后出版。有时我不免会想，如果当时人民文学出版社放弃了朱生豪译本，朱生豪的毕生心血能够获得如此多的读者和知音吗？他的译本会不会就此埋没？我们总说现实残酷，这都未必是不可能的事。幸好，人民文学出版社终究选择了朱生豪，距今又将三十年过去，朱生豪典雅传神的译文质量赢得了时间的认可。这无论对莎士比亚艺术还是对我们读者来说，都是幸运之事，哪怕这幸运里包含着朱生豪与那个时代的巨大伤痛和遗憾。

第三本耿济之译著

在旧书店看见马克亚姆·高尔基的《俄罗斯浪游散记》。我对高尔基兴趣不大，只是那本书实在太新，我还是取下翻了翻。想不到的是，书的译者竟然是耿济之（1899—1947）。

不犹豫了，买下。

很多时候，买译本是冲译者去的。尤其是我敬仰的那些老一辈译者。

接触耿济之译本源于费奥多尔·米哈伊洛维奇·陀思妥耶夫斯基的译作。还是1989年左右，我无意间读到陀思妥耶夫斯基的《罪与罚》，读完后就感觉自己再也离不开这位俄罗斯作家。那时很难买到他的小说，我当时手头只有《罪与罚》（岳麟译）和《白痴》（南江译）两种。1993年，有朋友从北京给我寄来一整套人民文学出版社出版的陀氏著作，里面包括那套我耳闻了很久的《卡拉马佐夫兄弟》。

打开书时，我习惯性地去看译者名字。耿济之。一个我没听过的名字，这部著作的“出版说明”末尾处随便提了提译者。我当时无法意识到那种随便的严重性。就像同样是人民文学出版社出版的《莎士比亚全集》一样，前言中对译者朱生豪的随意和令人难以觉察的轻视简直令人惊异。

《卡拉马佐夫兄弟》深深吸引了我，至今我不知读了多少遍。也就是从这本书开始，我对它的译者耿济之产生了极深的敬意。可惜的是，除了这部著作，我没有看到耿济之的第二本译著。《卡拉马佐夫兄弟》的“出版说明”中只简单提到，“耿济之先生是我国最早的新文学团体‘文学研究会’的主要成员，首先较有系统地介绍俄罗斯古典文学并卓有成效的前辈翻译家之一”。这句话实在太笼统了，不会让读者了解到关于耿济之的其他信息。我从耿济之的译笔中体会到陀氏的精神魅力和语言风格，这种魅力与风格超越了我以前读到的《罪与罚》与《白痴》。尽管岳麟的译本也为我展示了他的语言风格，但陀氏真正的魅力与风格，还是在耿济之的译笔下才得到最完整和最彻底的展现。

若干年后，我在旧书店看见人民文学出版社出版的《白痴》。我原有的《白痴》是人民文学出版社 1989 年版的译本，译者南江。我以为我看见的还是南江译本，打开一看，居然是耿济之译本，我又惊又喜地买下它，回家后便开始比读这两个人文版的译本。以我的经验判断，同一个出版社出版了新译本后，旧译本几乎便没有再版的可能。因此，耿济之的《白痴》译本很可能就此湮没。难道他的译笔真的已经过时了吗？一路比读下来，我很惊讶地发现，南江译本中有大段大段译文都是直接从耿济之译本“拿来”的。得赶紧补充的是，南江的“拿来”，我并不以为是抄袭（看看他出色的《群魔》译本，也能得出这个结论），前人成果被后人参考，应该是无可厚非之事。我不解的是，耿济之译本如此完美，为什么非得要换用新的译本呢？新译很难说在哪个方面超越了旧译。

没发生的事可以改变，已经发生的事就无可改变。一些经典旧译不知为何就被出版社束之高阁，仅就陀思妥耶夫斯基来说，耿济之翻译过的除《卡拉马佐夫兄弟》之外，还包括《白痴》《少年》《死屋手记》。这后三部耿译，在今天的市场上还看得到吗？我后来至少翻阅过三种《卡拉马佐夫兄弟》的译本，还是耿济之的译文令我最为喜爱。

为什么我觉得耿译珍贵和令人难忘？

因为那些译本和译者本人的经历、抱负是紧紧地连在一起的。我在后来搜集到的资料中了解到，早在1917年，耿济之在北平俄文专修馆学习，翌年便开始了对俄罗斯文学作品的翻译尝试。他的第一篇译文是列夫·托尔斯泰的《克莱采尔奏鸣曲》（现多译为《克鲁采奏鸣曲》）。走上翻译之路，对耿济之来说，既是出于一种热爱，还是一种责任。在那个时代，俄罗斯文学对一代中国知识分子的影响深入骨髓。对“五四”以后的一代翻译家来说，俄罗斯文学所散发的精神气质正是积弱之中国所必需的良方。耿济之从俄专毕业后，官派苏联，先后在赤塔、伊库茨克、海参崴、列宁格勒和莫斯科等地任副领事、领事、总领事、一等秘书和代理大使。深厚的修养和不寻常的经历可以使他从骨子里把握住俄罗斯文学之魂。被他译笔涉猎的文学巨匠除陀思妥耶夫斯基之外，还包括尼古莱·瓦亚里耶维奇·果戈理、伊万·谢尔盖耶维奇·屠格涅夫、安东·巴甫洛维奇·契诃夫、托尔斯泰、亚历山大·尼古拉耶维奇·奥斯特洛夫斯基、高尔基等二十多位作家。

每每接触到老一代翻译家的事例之时，我总是有一种难言的感动。很难想象在当时的艰难环境中，那些翻译家是如何一字一句将心血写到纸上的。耿济之翻译陀思妥耶夫斯基的岁月，正是上海陷入“孤岛”时期。他的寓所两次被日寇查抄。在日本人企图笼络文化界人士之时，梅兰芳蓄须明志，耿济之索性隐姓埋名，以开旧书店为掩护，继续翻译俄罗斯文学。到1947年，耿济之终因积劳成疾，在贫病交加中客死沈阳，年仅五十岁。郑振铎对其评价为，“君文豪雄，君性纳朴，今之善人，谦退恭肃，埋头著作，卑斥征逐，劳碌一生，译文千轴”，“他真是工作到死，像莫利哀死在戏台上一样”。

整整三十年翻译生涯，耿济之留下文学译著近八百万字。仅从《卡拉马佐夫兄弟》和《白痴》两部译著来看，其译笔高出同侪何止一筹？他的译著几乎在今天销声匿迹。这种难以估量的损失究竟谁应承担？层出不穷的垃圾译本充斥市场，真正优秀的译本却少之又少。近几年，不少出版社为完整保留译者作品，出版了不少“译文集”，就我所见，有《傅雷译文集》《汝龙译文集》《李霁野文集》《戈宝权译文集》《高长荣译文集》《杨武能译文集》《杨必译文集》《杨绛译文集》《郭宏安译文集》《董秋斯译文选集》等，始终没见到有谁在编辑《耿济之译文集》。

耿济之先生留下的那笔丰厚精神遗产，也不知是否有人在整理。如果哪天能看到《耿济之译文集》，我会毫不犹豫地买下，就像我意外买到《俄罗斯浪游散记》一样。对我来说，我买下的不是高尔基著作，而是耿济之译著，是耿济之这个姓名和译笔所代表的一种精神气质，一种距我们今天越来越远的思想品格。

世间再也无傅雷

一

每次看到书柜中三十卷本《巴尔扎克全集》时，我心里便不禁涌上一股惆怅。这套人民文学出版社从1984年开始出版的全集第一卷的第一篇小说是《猫打球商店》。译者郑永慧。郑永慧先生译笔不差，我仍觉得遗憾的是，这里出现的本该是傅雷先生的译作。傅雷生前最后一部译著就是《猫打球商店》(傅译名为《猫儿打球号》)。按该“全集”出版思路，有傅雷翻译的，一律收傅译本。可惜傅雷这部译竣的书稿永远不知佚失何处。对热爱傅译的读者来说，这个遗憾是不能弥补的了。

喜欢上傅雷，还是1989年第一次读到罗曼·罗兰的小说《约翰·克利斯朵夫》。我那时不知傅雷是谁，因耳闻过这部小说，在书店看见，就买下了。克利斯朵夫的故事将我吸引得废寝忘食，打开书便无法放下，捧阅的第一天就熬了一个通宵。小说故事吸引我尚在其次，一种隐隐的阅读感受是，除了那些人名是外国名字，我几乎像在读一部文采斐然的中文小说，而且，我从未见识过哪个中文小说家有如此优美的文笔，似乎每个字都充满扑面而来的汉语魅力。到今天我仍然想说，第一个让我在文学作品中感受到现代中文魅力的，不是哪位汉语作者，而是傅雷的译著。

二

读克利斯朵夫时我还忽然想起，中学课本中有《守财奴》一文，该文也是出自傅雷翻译的奥诺雷·德·巴尔扎克著作《欧也妮·葛朗台》片段。我当时在课堂上就模糊觉得，读到的文字像来自一位文笔好到极处的中文写作者。这就是傅雷的译笔功夫，确实到了登峰造极的地步。

“岁月流逝，人生的大河中开始浮起回忆的岛屿……”这样的句子给我的感觉不是在读译文，而是一个饱经沧桑的国人以自己的经历写下对人生的感受。我那时分辨不出译文好坏，只需文字优美就行。那时也不会去想，所谓优美，在语言层面上究竟蕴含一些什么意思。第一次读译著就撞上傅雷，是我的幸运，也无意间让我对译文质量有了较高要求，即使这种要求来得不知不觉。后来再读其他人翻译的罗曼·罗兰，一种明显不如傅雷译笔的感受就十分强烈。我不懂法文，当然无法比较。事实是，我们不论面对谁的译文，都是在面对中文。汉语的表现力人尽皆知，如何表现，无不取决于行文者的修养内涵和语言造诣。即使读本土作家写的著作，也有文笔高低之分，翻译著作自然如此。

读完罗曼·罗兰，我又进入巴尔扎克的世界。我承认，如果不是傅雷，我不可能读完多达二十四卷的全部《人间喜剧》。能读完它，首先是巴尔扎克的文学世界对我产生了巨大的吸引力，他将人物交叉出现在各部著作中的手法就令当时的我感到新奇，我很想知道每一个人的结局。更重要的是，我在读过《高老头》《欧也妮·葛朗台》《幻灭》《赛查·皮罗托盛衰记》《夏倍上校》等傅雷的译本之后，产生了是否还有谁可以超越傅雷译笔的疑问。读完《人间喜剧》之后，我肯定地告诉自己，没有！其他翻译巴尔扎克的翻译家不论多么出色，没有一个能超越傅雷！连比肩也达不到！这就是我作为一个读者的感受。似乎只有在傅雷笔下，巴尔扎克才在汉语里还原成一个真正能用汉语再现的文学巨匠。在原著任何一个地方，傅雷都可以将汉语随意对置，其他翻译家的译本虽能感受巴尔扎克给我们的独特气息，那些气息始终缺乏一点内在自如度。我们读是能读到准确的语言表达，语言背后的灵魂涌动却又很难体会。即使译文没什么错误，其他译者就是无法像傅雷那样，给我们原文与译文统一到无窒碍的浑然天成之感。

无窒碍，也就是傅雷所说的“理想的译文仿佛就是原作者的中文写作。那么原文的意义与精神，译文的流畅与完整，都可以兼筹并顾，不至于再有以辞害意，或以意害辞的弊病了”。另外他还指出“译文必须为纯粹之中文，无生硬拗口之病”。话说起来简单，一旦真正动手，会发现那是无比艰难之事。那些逐字逐句的机械翻译我们在今天读得实在太多，“生硬拗口”的译文也随处可见。这点并不需要读者一定得懂原文，既然读者面对的是中文，那么中文就应给读者“流畅与完整”的感受。我们读到的不少译文“流畅”是“流畅”，就是缺乏从内在透出的气韵。汉语历来讲究的就是气韵。做不到气韵贯通，我们就可以说那些译文不是好的译文，更不会是“理想的译文”。

三

傅雷的译文给我——也是给我们——的最大感受就是气韵的一以贯之，仿佛在傅雷翻译时，原作者将自己的内心也给了傅雷，因此读傅雷译本，是在读一种饱满的文字，仿佛原著中的风景是傅雷亲眼所见，原著中的情感是傅雷亲身所历。能做到这点，就在于傅雷从数十年的翻译经验中深刻体会“传神达意，铢两悉称，自非死抓字典，按照原文句法拼凑堆砌所能济事”。体会来自实践。傅雷的实践令人钦佩，他对“传神达意”的要求近乎苛刻，否则他也不会将《高老头》重译三次，连上百万字的《约翰·克利斯朵夫》也推倒重来，至于伏尔泰（傅译服尔德）的《老实人》译文，前后修改也达不可思议的八遍之多。无论哪部著作，傅雷的翻译态度都有着令人难以置信的严谨。字字推敲之功，才有句句传神之效。当年巴尔扎克出版著作时总是不断修改校样，导致排字工颇不耐烦，傅雷译文同样如此，“校订如初译”的苛刻也使为傅雷译著发排的印刷厂大为头痛。这不是每个翻译家都能做到之事。我们可以想象，在傅雷不断重译的过程中，内心是如何与原作者走近乃至重合。唯其如此，译文才能在读者眼里焕发出精益求精后的神采。傅译本的神采之甚，竟让我觉得《高老头》《欧也妮·葛朗台》那样的书，不是出自巴尔扎克，而是有过法国生活经历的傅雷本人所著。

傅雷取得的翻译成就当然不是精通两种语言那么简单。精通某种外语的人太多，不是每个人都能成为傅雷。后来读多了关于傅雷的种种书籍，我慢慢体会到，傅雷不仅态度端严，语言精湛，还在艺术的触类旁通上下足了功夫。为求翻译所需知识，傅雷视野涵盖了政治、经济、哲学、科学、历史、绘画、雕塑、建筑、音乐，以至天文地理、医卜星象等，一旦遇上疑难，便“驰书国外找到了专家说明，因为国情不同，习俗不同，日常生活的用具不同，自己懂了仍不能使读者懂（像巴尔扎克那种工笔画，主人翁住的屋子，不是先画一张草图，情节就不容易理解清楚）”。这些平易而令人不免惊骇的话让我忽然理解，在谨严之外，傅雷本人学识还具有超越翻译之上的博大精深。这点在《傅雷家书》中随处可见。正因境界与艺术素养出众，傅雷才能在译著之余，撰写出《世界美术名作二十讲》《贝多芬的作品及其精神》《独一无二的艺术家莫扎特》等在今天仍有价值的一系列专著雄文。没有深厚的音乐、美术修养，傅雷翻译的罗曼·罗兰又如何能成为今天的名著名译？

要摘录傅雷的某段译文，不如读读他迻译的一封罗曼·罗兰给他的复信。信不长，傅雷的译笔却力透纸背，“……夫吾人所处之时代乃一切民众遭受磨练与战斗之时代也；为骄傲为荣誉而成为伟大，未足也；必当为公众服务而成为伟大。最伟大之领袖必为一民族乃至全人类之忠仆。昔之孙逸仙、列宁，今之甘地，皆是也”。暂且撇开这段文字的政治含义，不论当时还是今日，有谁觉得是在面对一段译文？我们又当然知道，没有罗曼·罗兰的原信，傅雷笔下也无从出现该文。寥寥数十字，让我们见足傅雷在两种语言间的驾驭功力。我甚至觉得，罗曼·罗兰的法语原文也未必有此古朴的苍劲之感。

四

读到傅雷文字，不免想到今天的译著市场。现实会令人气馁地发现，今天还有几人愿意像傅雷那样对翻译孜孜以求？傅雷用自己的一生行为为后世树立了翻译的标杆。标杆的一头是永不满足的译品追求，另一头是从不懈怠的求精治学。在傅雷眼里，准备工作不充分，决不可动笔。在他翻译巴尔扎克名著《幻灭》时，先是用几个月时间来每天温三百至四百个生字。即便如此，年过五旬的翻译家仍是感到“天资不够，只能用苦功补足。我虽到了这年纪，身体挺坏，这种苦功还是愿意下的”。从动笔到完稿，《幻灭》的翻译耗去傅雷三年半时间。即便创作一部长篇小说，三年半时间也绰绰有余了。

我不知道傅雷的言行对今天的翻译家有何影响，我们司空见惯的是，如今一些问鼎诺贝尔文学奖的作家刚一公布，市场上便迅速出现该作家的成套译本。最令我无法理解的是，有些译者还在序言里坦承，在接受翻译任务之前，对该作者尚无半分了解。我不禁生疑，这样的译本会有质量吗？译者能译出原作者的内蕴吗？翻译不是简单的文学转换，原作者的生平尚不明白，原著的内涵尚不明白，出来的效果也许就南辕北辙。傅雷翻译巴尔扎克，是因为他结合巴尔扎克的生平和作品，深刻理解到“巴尔扎克不愧为现实派的大师，他的手笔完全有血有肉，个个人物历历如在目前”。当人民文学出版社约请他翻译《红与黑》时，傅雷竟还“一时不想接受”，原因是觉得自己和司汤达“似乎没有多大缘分”，因而“且待有空重读原作后再说”。结果是他终于没动手翻译这部名著。现在有几个译者会像傅雷那样，选择首先在面对原著和原作者时产生精神的相吸？现在有几个译者会像傅雷那样认为“自己笔下特别枯索呆滞。我的文字素来缺少生动活泼，故越看越无味”？有几个译者拿到自己不了解的原著待译时会像傅雷那样“栗栗危惧，觉得没有能力表达出来”而自感“畏缩得很”？又有几个译者会像傅雷那样对“出版社指定的书”感到“我不敢承担，便是自己喜爱的作品也要踌躇再三”？

五

也许，今天市场化的出版界已经注定不会出现傅雷这样的译者。那些以市场化为借口的出版商和翻译者忘记了，1949 年后，不拿国家一分钱工资的知识分子除巴金之外，就只有傅雷了。翻译稿酬成为傅雷一家的全部收入。他曾在给时任上海市委宣传部长石西民的信中坦言，“一旦停止翻译，生计即无着落”。当傅雷后来遭遇不公正对待、生活陷入困窘之后，仍断然拒绝另用笔名出版译著的建议。有为人的气节，必有为文的气节。这是傅雷作为那一代知识分子代表留给后世的精神肖像。今天的翻译家们大都不会有傅雷那样的生活窘境，却再也出不了傅雷这样的翻译大家。理由可以找出很多，不可忽略的一点是，为市场进行翻译，又不肯对市场和读者负起责任，被一切借口所掩盖的，是不是我们这时代的某种精神失落了？

傅雷的译著我早已熟悉，我今天的阅读也早离开了罗曼•罗兰和巴尔扎克。有时在灯下，我还是会偶尔翻开傅雷译著，不为再读那些著作，就为从文字中品读里面透出的傅雷精神和刚峻人格。也许，我们今天失去的，已经不可挽回地失去了。世间再也无傅雷，不仅是翻译界的悲凉，更是读者对这一代学人感到的悲凉。

曾与先生相遇

2007年夏天，已八十七岁高龄的彭燕郊（原名陈德矩，1920—2008）先生前往广州领取青年诗人黄礼孩创立并颁发的第二届“诗歌与人·国际诗歌奖”。当时我陪同先生往返。启程时我还未意识到，这是先生最后一次出门远行。那时的先生已经走到了生命终点的大门前面。

那次广州之行，我印象最深的有两点：一是颁奖晚会上，先生站在麦克风前发言，原本准备好的发言稿未念一半，情绪已然激动的先生索性脱稿演讲。好几次，先生的话语深入个人和历史，动情处让不少听众落下泪水。二是我那次和先生同房而睡，因晚上总被诗友们叫去夜宵，往往凌晨才返。其时先生已睡，我坐床头凝视先生蜷卧侧背，恍然有凝视一个孩子之感。先生当然不是“孩子”，而是在漫长一生将完结之时，悄然返璞归真，留下一个单纯而瘦弱的背影。

实际上，不论当时还是今日，先生留给我的背影都很单纯，但不瘦弱，而是十分宽广。

一

第一次读到先生的诗是在1987年，那时我刚刚习诗，在《星星》函授版上读到一篇解析先生《钢琴演奏》的文章。该文没把先生诗歌引全，大概只三分之二的样子。那首诗彻底震撼了我，它也是一生唯美的先生的晚期代表作之一。我那时不知先生是谁，时代总在有意无意地遮蔽后学的视野。当我在十余年后得以和先生相识，才知先生是“七月派”诗人，早在20世纪三四十年代便名震诗坛。对我来说，搞懂“七月派”，还是认识先生之后。从先生一生轨迹中，得以窥见云遮雾罩的历史深处，有一些黄钟大吕，却只在被拦腰截断的往日回响，仿佛和今天无半分干系。

先生正是从那个历史里走到我面前的一个诗人。在很大程度上，先生的历史也就是一代人的历史。在先生那里，我终于明白的一件事是，与其阅读历史书本，不如阅读从那段历史中走过来的个人。在先生书房，我的确会有面对某种历史之感。先生家住一楼，光线难入，书房里白天也要开灯。房间灯光总是偏暗，占据几面墙的书柜也是很有些年头的老式柜样，上面油漆剥落，书柜里的书多是古旧图书。先生坐在暗淡灯光下，身后墙上挂着副对联，是鲁迅所写的“横眉冷对千夫指，俯首甘为孺子牛”。我在先生身侧的沙发上坐着，总被一种恍惚感控制。因彼情彼景都太像身在某个历史角落，先生谈起的话也是历史。从先生那里，我第一次听到他参加“新四军”的经历，听到胡风、“七月”以及很多“七月派”诗人的名字。先生谈起历史，会很自然地对其中人物有所臧否。对一些我只读其诗、未见其人的老诗人，会很惊异地发现他们在历史中的一些行为。不过，先生似乎无意深究很多特殊年代造就的事件，他往往只是感叹，“很多事都是没办法的”。我不由得想，在先生一生中，挺过那些风风雨雨，又是如何想办法的呢？

毕竟，先生青年时代正值战争年代，先生经历过战火和漂泊，离开家庭也就是永别家庭，因抗议国民政府在牢房里度过三百多个日日夜夜。这些对先生来说，都只在轻描淡写中付之一笑。只有一件事让我心灵震动。因先生晚年生活只师母一人陪伴，我有次无意间问起先生的孩子问题。先生说女儿在广州工作，随后却说起令他一生阵痛之事，先生原来还有一男孩，仅仅几岁时在逃难中失散。在照顾其他家人时，先生不慎松手，孩子转眼就被难民冲散。对先生来说，这一伴随终生的痛苦极少对人言及。我当时听了，内心恻然。以先生心之大爱，如何会不从骨子里爱恋孩子？我有时想，是不是从那时开始，先生养成了说话低沉和缓慢的习惯？这件事先生虽只对我说过一次，但我时常会构想先生和孩子失散的那个画面。先生的痛苦我当然能够理解，对先生来说，那既是他个人的苦痛，又何尝不是当时整个中国的苦痛？先生一生低调，这句话有高调之嫌吗？当然不，对先生来说，自己在经历历史，也会自然地成为历史的一部分。在中国经受痛苦的岁月，谁又可以从苦难时代中脱身？由此，先生一生的诗歌都在直面“很多事都是没办法的”人生。

从先生那里，我理解到诗歌真义，它蕴含的就是我们走过的全部人生体验。

二

先生谈历史很多，谈诗歌很多，我认识先生时毕竟已晚，最强烈的感觉却是，先生度过的是写作的一生、阅读的一生，同时也是孤独的一生。说先生孤独一生或许不太准确，我无法进入先生的青壮年时期，我进入的是先生晚年。晚年是不是才会对孤独有最刻骨的感受？记得第一次去见先生时，带我去的朋友告诉我，先生住在省博物馆内，我当时无端端心中一震，博物馆？那委实是最清静的地方了。平时我去博物馆，只是去看一些永远不会出声的文物。它们冰冷地成为被谈论的对象。先生如此大名，住哪里我都觉得正常，就是觉得住博物馆有种怪异之感。而且，人在晚年，应该是享受儿孙绕膝所带来的天伦之乐，我无法想象先生怎么会住在难有人去的博物馆内？

事实上我有些多虑。博物馆的住房是师母所分住房，看起来的自然之事还是让我不久后觉得，先生被博物馆似的孤独浸染太久。退休之后，先生似乎就变成一个被遗忘的对象。因诗名响亮，仍免不了来人拜访。在先生生命最后的十年间，我亲眼所见，隔上几个月，就会有某个写诗之人频繁前往博物馆拜会先生。惊异的是，几个月后，来拜访先生的又很少和先生再保持往来。他们之所以来拜访先生，目的无非就是想给自己的作品索评。先生对这些要求几乎从不拒绝。见过先生手稿的人都不会忘记，先生写作，从来都在两页稿纸间夹上复印纸。一稿数份，自己留一份，给被写者一份，其余还有几份，送给一些另外的人看。我有时会觉得，先生没担心自己被人利用吗？

先生给我看过很多份评论手稿，甚至还会问问我的意见。在写作上，先生从来不以师长自居，他总觉得现在的青年诗人有不少新锐的想法。每次看到先生给我这样的稿件，我内心既为先生感动，也不免为先生暗生不平。先生似乎从无被人利用之感，任何人登门，先生总是极为高兴，应允文章也都在说好的时间内写完。我记得有次问先生，评论写完后，那个某某某是否还来过？话一出口我就后悔，因为这句话问得有些残忍。先生仍是一笑，说没来过了。似乎这样的事情不会对先生构成什么干扰，后来我才渐渐明白，对人生早已参透的先生，如何会不知人的心理？文坛的丑恶冷暖先生自然比我看得多，经历得多，也体会得多。先生不拒绝的原因，我是在后来读到先生那首《芭蕉叶上诗》时才有了体会，其中有这么几句，“一个知音，来吧，不嫌弃的话，给你，喏／这一滴诗，一片诗，一粒诗”。能够体会，先生对诗的痴爱会不自觉地将所有写诗者都看作是到来的知音，所以他会继续这样写到“……反正要冒险就不必计较／成功和失败，还是写吧／管他什么伟大，什么不朽，不这样／就不够顽冥不灵，不够明知故犯／就得不到冒险的乐趣，这样才够味”。

这就是先生，对所有都愿意去“明知故犯”，而且，这些句子在我读来，蕴含极强的孤独之感。先生的确孤独，当仔细阅读先生凝聚晚年心血的《混沌初开》和《生生：多位一体》时，我更能感到，先生的孤独既有个人的现实孤独，也有写作带来的高处不胜寒的孤独。两种孤独的结果却是促使先生对青年诗人们有种特别的爱护意识，总希望他们能尽快得到诗坛认可。

被利用与否，其实是不值得去思考之事。在先生眼里，一个泥沙俱下的时代里还依然愿意写诗的人，本身就值得他去鼓励。我的不平感消失了，因为这是先生一生赤子之心的持守表现。在一篇回忆文章里，先生早在20世纪30年代就认定诗人们是“时代忠实的儿子，完全地、无保留地听从时代的召唤，忘我地投身于我们时代严酷、艰难而又极其壮丽的斗争中，他们只知道给予，而不知道索取，他们是最善良的给予者”。

在今天来看，先生又何尝不是我们这时代“最善良的给予者”之一？

很多时候，最善良的，也是最孤独的。

三

先生另外给我的强烈感觉是嗜书如命。记得有一次，我到旧书店淘书时，看见好几本河北教育版的“世界名画家全集”丛书，刚想买下，与我相熟的店老板却不卖给我，一问，他说这是彭燕郊老师定下的。那时才知道，先生也是旧书店常客。我的确有些意外，早已满腹诗书的先生竟然每月还要买上百余本书给自己时刻补充学养。我忽然体会，怪不得先生与我谈话之时，能随时将话题引向很多我完全陌生的领域，甚至可以谈到量子力学等话题。对先生来说，没有哪种知识对他不具吸引力。先生从来不会要我去买他提到的书，但聆听先生谈话，我又会非常自然地到先生提及的书本前并买下它们。现在回想，这大概就是潜移默化的效果吧。

在惊骇于先生的学识之余，我有一次也忍不住问先生，这么不停地买，以后如何安置？对先生来说，确是一个问题。先生住处不宽，间间房都是书柜，无法上架的书已找不到安置之处了。后来有一次，我去先生家中时，先生一见我，便流露出一种特别不同的喜悦。他告诉我，他有了一套全部摆书的套间。一听之下，我也特别兴奋，他立刻带我去参观他真正的书房。这套房就在他住处的隔壁。一个两居室的套间。先生把这套房买下来，专门将它打造成书房。先生引我到一个个书柜前浏览，表情兴奋。第一次，我竟产生先生是一孩子之感。那种单纯的快乐非常富于感染力，我不知不觉，被他的单纯带进他独特的精神世界。现在，他的精神世界有了一套完整的书房来容纳，书架上一格格的书摆成数面书墙，不论新书还是旧书，都显得一尘不染，显示出房间主人的高洁精神——一个与书相伴终生的人，他的精神又怎么会不高洁？

先生去世后，我曾问师母，先生的书如何安排。师母告诉我，先生留下的遗愿是将所有书籍都赠送给他曾执鞭授学的湘潭大学，唯一的要求是希望将书籍单独归置在一间命名为“彭燕郊图书室”的书房内。可惜的是，先生这一心愿至今未能实现。方方面面的阻碍和现实的条条框框实在太多，先生收集的数万册书籍竟然还是在博物馆的书房内等候知音。我不禁觉得，这种现实的残酷对先生这样的知识分子带来的伤害真的太多，偌大一个大学，难道真就辟不出一套书房吗？我不禁又联想到先生生前的境遇。先生谈话时总是不急不缓的语调，唯独一次竟有些情绪激动。记得我当时问及先生是何原因开始写诗时，先生说是参加新四军开始。对先生来说，参加新四军是他一生的真正起点，令先生激动的是，有些部门始终不承认他参加过新四军。否定一个人的起点，就太容易否定一个人的一生。这是令先生难以释怀之事。先生一生做事多矣，有些事可以被强行否认，有些事却摆在所有读者面前，无论如何也否认不了。尤其先生留下的诗歌，它们一行行无不出自先生心血，哪怕在遭受牢狱之灾时，先生仍继续作诗。狱中无纸无笔，先生就用自己发明的方式来写。将诗歌腹稿认真打好之后，自己反复背诵，然后用一个词来代替一个段落。就这样，先生只需记住一个词，就等于记住一个段落；记住几个词，就等于记住一首完整的诗歌。这一闻所未闻的作诗方式令我骇然。先生对创作之痴迷由此可见一斑。痴迷不能说明问题核心，以我对先生的理解，是先生对人世之美与生活之美有绝对的信任。能为世间留下美，是先生毕生宏愿，即使先生以为的美并非常人以为的简易之美和单纯之美，而是更深入的复杂之美，甚至是有毒之美——后者才是先生以为的人世本质之美。我们也只有面对这种一言难尽之美，或才能真正理解生活中隐藏的种种玄机内核。

没有任何事物能否认先生认识到的生活玄机，它们都在先生的诗歌之中。

四

和先生有十年交往，先生总似乎不大出门。我每次见他，都是在先生家内，不论什么时候去，先生总是在家。那里的安静和孤独构成先生给我的诗人底色。从先生的回忆文章中我能看到，青年时的先生交游颇广。那些和他一起创作的同伴都年岁已高，难得再见面了。也因为我没见过，所以总觉得先生孤独。不过，孤独的好处是先生在花甲之年还能创作出堪称杰作的《混沌初开》。晚年能创作出巨制的人从来不多。特别记得先生完成那部千行长诗《生生：多位一体》的初稿之日，我凑巧登门拜见先生，遂有幸成为它的第一个读者。像先生的所有稿件一样，先生复写了好多份。他说那些复写的稿件将寄给一些还健在的老朋友。

我的确好奇先生的老朋友。没想到，我真见到了他的一些老朋友。

时间也就是 2007 年夏天的广州之行。颁奖结束了，活动结束了，该是我和先生返回的时候了。先生突然提出，想去见见郑玲。这个名字我很熟悉，其作品在《人民文学》等刊物上随处可见，我吃惊的是我竟然不知道，郑玲竟然是先生同时代的诗友。

陪先生到郑玲家时，郑玲在保姆搀扶下来到客厅。先生路上谈起郑玲时我已在想象，郑玲应是位瘦高、精神矍铄的老人。见到人后，她的精神状态果然很好，满头白发，梳理得十分精致。我第一次见到先生那样激动，用力和郑玲握手，兴奋之情溢于言表，哪怕坐下后，我都感觉先生有种想手舞足蹈的冲动，似乎是见到了多年未见的亲人。我一问，才知道他们是半个世纪的诗友了，自郑玲离开湖南到广州后，两人已经有二十年没见过面了。我坐一旁看两位老人聊天，他们都显得非常兴奋。郑玲拿出相册，要先生认认以前的朋友和一些慕名的朋友。然后，郑玲又给先生看自己的新诗，先生竟然背下了他曾记得的郑玲的一首旧作。对先生来说，这是极为自然之事，对他读过的好诗，决不轻易忘记，他总觉得那些好诗有他没有达到的境界。我深深理解，这其实是先生对写作和诗歌所抱的敬畏体现。有敬畏，才有真正的热爱。我不能不想起先生跟我谈过当年被打入“另册”后的生活。出狱后的先生被安排到街道工厂劳动，每天所做的是刷油漆之事。那时的先生是如何被写作和读书的欲望折磨？先生谈起这些往事时，总将它们都看成自己的人生财富。后来《书屋》杂志创办人王平君也跟我说过他在 20 世纪六七十年代和先生的往来之事。在那个只有语录书与浩然小说的年代，谁也不知先生是如何藏起一些名著书籍。每个周六，他都像战争年代的接头人一样，和王平在公交车站见面，将所藏之书匆匆塞给王平后即刻离去，到下周再另换一本。我很诧异那个没有电话手机的年代他们是怎么联系的。王平说他们见面时间是一个估算，周六吃过中饭后，休息一会，就动身到公交车站去等。每次都不用等多久，先生就会从一辆公交车上下来。每次听到这样的事，我总觉得能够从更深的层面来看待先生对文学的生命投入。在郑玲那里，我分明也看到先生对友情的投入。

五

流光易逝，转眼之间，从认识先生到先生离开后直至今天，中间竟然是漫长的二十年岁月。它也是我生命中最重要的二十年。先生的作品和人品，始终在我内心存放。对我来说，先生代表一种品质。这一品质在堪称先生毕生压卷之作的《瀑布》中也有体现：

……
不管高和低，一直向前流去
高和低之间，有悬崖峭壁，怎么办?
……
转个弯就好了，干吗不转弯?
……
这里不存在转弯。不存在回头
于是，奔腾而下了，呼啸而下了
……
成为粉末了吗?
成为碎片了吗?
不，是展示。展示
这灿烂的洁白，洁白的灿烂
高高地飞扬起来，张挂起来，展示
生命的神奇的张力
……
用不着议论了，议论就是害怕
害怕就会去寻求平静
奔流的路上，存在平静吗?
……

我忘不了读过这首诗后的战栗。对我来说，这条瀑布不恰恰就是先生的一生写照？先生一生从未“转弯”去回避人生，更没有去“寻求平静”，而是在每一段人生的必然坎坷处，义无反顾地选择了“奔腾而下”。唯其如此，先生对生命的理解才在不断深入生命的过程中有了晚年的超越。先生真的让我明白，写作不是一天两天之事，也不是一年两年之事。投入了写作，它就是一生之事。记得那时，我总会将自己刚刚写好的诗歌给先生过目。先生从来不去具体分析，而是在看过之后，给我推荐该去读的书籍。此刻我忽然发现，足够我一生咀嚼的，难道不恰恰是先生留下的一卷卷文集？

后　记

没想过自己有一天会以文字为业。回想起来，却是很早就喜欢读书。尚念小学时，我几乎每天中午都到家门外的街道图书室看图书。那个图书室我至今记得清楚，面积二十平方米左右，除了进门右边有个柜台，剩余地方都摆满没有椅背的长条凳，每条凳上可坐三四人不等。室内安静，都是坐着看书的人。柜台后是一老太太。她每天坐在那里，等看书的人进去，然后将看书人点到的图书从柜台内拿出来。一分钱看一本，特别厚的书就两分钱看一本。所谓书，都是连环画。我那时不睡午觉，每天的午休时间就在图书室度过。

看连环画，是我们这代人的共同记忆。我那时还有个蠢蠢欲动的想法，幻想自己有朝一日能完成一本连环画。每页的画是我来画，每幅画下面的文字是我来写。一本连环画完工，我就讲完了一个故事。

那时我不会知道，编织故事，太需要精力

和阅历。那个想法让我不自觉地仔细揣摩图画下的文字是如何组成的。连环画上的文字不同于课堂上的语文课本，课本文字总觉枯燥，连环画上的文字让我觉得无比生动，所以从童年起，我就无意识地喜欢上课外阅读。到后来，连环画退出时代，我的阅读对象成为一本本货真价实的书籍。果然，文字的世界令人着迷。它使人不断想象画面。这些画面永远不会在另外一个人面前出现，也不会在我面前出现。这是脑中的画面，只让我一个人凭空虚构。

或许，阅读的魅力之一就在于有这些虚构。虚构无法脱离文字，文字的魅力便进一步吸引我。终于有一天，我开始动手写故事。最初的故事只是故事，没多少深意。年齿渐长后我感到写出的文字单薄。为得到我想要的厚重，我开始阅读一些故事之外的传记和思想类书籍。这是另一种阅读，它让我开始理解一些东西。记得 20 世纪 80 年代，也是我少年之时，有个流行一时的口号叫“理解万岁”。那时我不以为然，现在来想，觉得真是所有人想达到的境界。人与人之间的理解很少，做到也难。哪怕一些事实，只要换角度看，就立刻变成问题。如何解决问题，除了自己对生活有体验之外，更深的理解恐怕还得从阅读中找。阅读可以让一些想法逐渐清晰，让一些问题得到解决。尤其对写作的人来说，阅读的重要性还在于补充，至少我们能知道，前人写了些什么，同代人又说了些什么；历史有些什么究竟，现实又有些什么问题；我们该如何理解历史，又该如何理解现实；我们该如何理解写作本身，又该如何理解阅读本身。书籍不一定能给出最终答案，却能触动和加深内心的感受。这些都是让我不断写下去的理由和推动力。

当阅读成为生活的一部分后，出于习惯和约稿，我写下了一些和阅读有关的文字。这本书整理的不是全部，它们都是我在阅读中产生的一些想法和感受。想法是需要拿出来交流的。我谈到的某些观点不一定能让每个人接受。不接受是正常的，说明它们和读者产生了碰撞。我喜欢这种观点和思想上的碰撞。碰撞会产生另外的线索，会让我在另一条线索提供的另一种视角中，理解阅读的更多含义和启示。

所以，对这本书给出批评的人，我在这里预先说声谢谢。

远　人

2018 年 8 月于深圳